大师插图经典

拉封丹寓言

［法］拉封丹 著
［法］比林赫斯特 绘
苏迪 译

人民文学出版社

图书在版编目(CIP)数据

拉封丹寓言/(法)拉封丹著;(法)比林赫斯特绘;苏迪译.—北京:人民文学出版社,2016
(大师插图经典)
ISBN 978-7-02-011818-2

Ⅰ.①拉… Ⅱ.①拉… ②比… ③苏… Ⅲ.①寓言-作品集-法国-近代 Ⅳ.①I565.74

中国版本图书馆CIP数据核字(2016)第152822号

责任编辑　卜艳冰　尚　飞
装帧设计　李　佳

出版发行　人民文学出版社
社　　址　北京市朝内大街166号
邮政编码　100705
网　　址　http://www.rw-cn.com
印　　刷　上海利来雅高印刷有限公司
经　　销　全国新华书店等

开　　本　890毫米×1240毫米　1/32
印　　张　6.75
插　　页　4
字　　数　115千字
版　　次　2018年10月北京第1版
印　　次　2018年10月第1次印刷

书　　号　978-7-02-011818-2
定　　价　52.00元

如有印装质量问题,请与本社图书销售中心调换。电话:010-65233595

拉封丹寓言

知了和蚂蚁	2
乌鸦和狐狸	2
两头骡子	4
狼和小羊	4
狼和狗	6
牛、山羊、绵羊与狮子交友	8
家鼠和田鼠	8
双层包	10
向天后朱诺抱怨的孔雀	10
燕子和小鸟	12
追逐自己影子的狗	12
男人和他的影子	14
姑娘	14
九头龙和九尾龙	16
两只公鸡	16
小偷和驴子	18

目录

藏宝者和同伴	18
死神和伐木工	20
死神和倒霉的人	20
胡蜂和蜜蜂	22
山鹑和公鸡	22
橡树和芦苇	24
命运女神和儿童	24
老鼠的议会	26
老鼠同盟	26
狼和狐狸在猴子面前打官司	28
狐狸和仙鹤	28
两头公牛和一只青蛙	30
想变得牛一样强壮的青蛙	30
一只蝙蝠和两只黄鼠狼	32
公鸡、猫和小老鼠	32
中箭受伤的鸟	34

拉封丹寓言

母狗和她的朋友	34
狮子和小飞虫	36
驮海绵的驴子和驮盐的驴子	38
激流与平河	38
鸽子和蚂蚁	40
模仿老鹰飞翔的乌鸦	40
狮子和驴子一起打猎	42
狮子和老鼠	42
公鸡和狐狸	44
青蛙和老鼠	44
乔装成牧羊人的狼	46
狐狸和山羊	46
天鹅和厨师	48
狼和仙鹤	48
被人打败的狮子	50
寓言的威力	50

目录

钻进谷仓的黄鼠狼	52
猫和年长的老鼠	52
牧羊人和大海	54
傻瓜和智者	54
驴子和小狗	56
苍蝇和蚂蚁	56
老鼠和黄鼠狼之间的战争	58
狼和牧羊人	58
男人和神像	60
淹死的女人	60
骆驼和漂浮的木棒	62
马对鹿的忌恨	62
伐木工和墨丘利	64
陶罐和铁罐	66
太阳和青蛙	66
兔子的耳朵	68

拉封丹寓言

猎人、苍鹰和云雀	68
老太婆和她的两个女仆	70
牧师和死者	70
农夫和他的孩子	72
老头和他的孩子们	72
马和狼	74
狼、母羊和小羊	74
驮圣像的驴子	76
马车和苍蝇	76
鹿和葡萄园	78
看着倒影的鹿	78
老鹰和猫头鹰	80
公鸡和珍珠	80
披着狮皮的驴子	82
戴着孔雀羽毛的八哥	82
兔子和鹧鸪	84

目录

猫、黄鼠狼和小兔子	84
熊和两个小工	86
没尾巴的狐狸	86
狮子领兵	88
愿望	88
牧羊人和狮子	90
农夫、狗和狐狸	90
狮子和猎人	92
狼和狐狸	92
狐狸、猴子和其他动物	94
年迈的狮子	94
老人和驴子	96
小鱼和渔夫	96
陷入泥潭的车夫	98
兔子和乌龟	98
农夫和蛇	100

拉封丹寓言

猫和老鼠	100
驴子和他的主人	102
马和驴子	102
患瘟疫的动物	104
狐狸和面具	104
隐居的老鼠	106
神谕和妄徒	106
白鹭	108
下金蛋的母鸡	108
狮子的王庭	110
病狮和狐狸	110
秃鹫和鸽子	112
鹰和鸡	112
蛇头和蛇尾	114
蛇和锉刀	114
狮子、狼和狐狸	116

目录

老鹰、野猪和猫	116
为主人送饭的狗	118
酒鬼和他的妻子	118
滑稽演员和鱼	120
学问的用处	120
猪、山羊和绵羊	122
鱼和鱼鹰	122
老鼠和牡蛎	124
狼、母亲和小孩	124
总督和商人	126
自以为出身高贵的骡子	126
老鼠和大象	128
猴子和海豚	128
驴和狗	130
狼和羊	130
教养	132

拉封丹寓言

狼和瘦狗	132
两条狗和一头死驴	134
狼和猎人	134
猴子和猎豹	136
挤奶工和牛奶缸	136
橡子和南瓜	138
孩子和老师	138
贩卖智慧的疯子	140
商人、绅士、牧师和王子	140
永不知足	142
财宝和两个人	142
牡蛎和诉讼人	144
丢了财宝的吝啬鬼	144
蜡烛	146
两只鸽子	146
猫和狐狸	148

目录

狐狸和葡萄 148

鸢和夜莺 150

变成姑娘的老鼠 150

猴子和猫 152

牧羊人和国王 152

牧羊人和羊群 154

斯基泰哲学家 154

两只老鼠、狐狸和鸡蛋 156

乌龟和两只鸭子 158

两只鹦鹉，国王和王子 158

蜘蛛和燕子 160

老鹰和甲虫 160

被割去耳朵的狗 162

变成女人的母猫 162

母狮和母熊 164

一个人追逐命运和一个人等待命运 164

拉封丹寓言

狮子、猴子和两头驴	166
人与跳蚤	166
老鼠和猫头鹰	168
学生、老师和花园的主人	168
猫和两只麻雀	170
老人和三个年轻人	170
两只山羊	172
恋爱中的狮子	172
守财奴和猴子	174
要求有个国王的青蛙	174
老猫和小老鼠	176
兔子和青蛙	176
病鹿	178
医生	178
狗猫之争和猫鼠之战	180
龙虾和她的女儿	182
两位探险者和圣物	182

目录

狼和狐狸　　　　　　　　　184

雕塑家和朱庇特的雕像　　184

鹰和喜鹊　　　　　　　　186

主人的眼睛　　　　　　　186

狐狸、苍蝇和刺猬　　　　188

掉进井里的占星家　　　　188

森林与樵夫　　　　　　　190

忘恩负义与不公的命运　　190

狐狸、狼和马　　　　　　192

蝙蝠、荆棘和鸭子　　　　192

狐狸和火鸡　　　　　　　194

母狮的葬礼　　　　　　　194

猴子　　　　　　　　　　196

大象和朱庇特的猴子　　　196

太阳和青蛙　　　　　　　198

鞋匠和金融家　　　　　　198

英国狐狸　　　　　　　　200

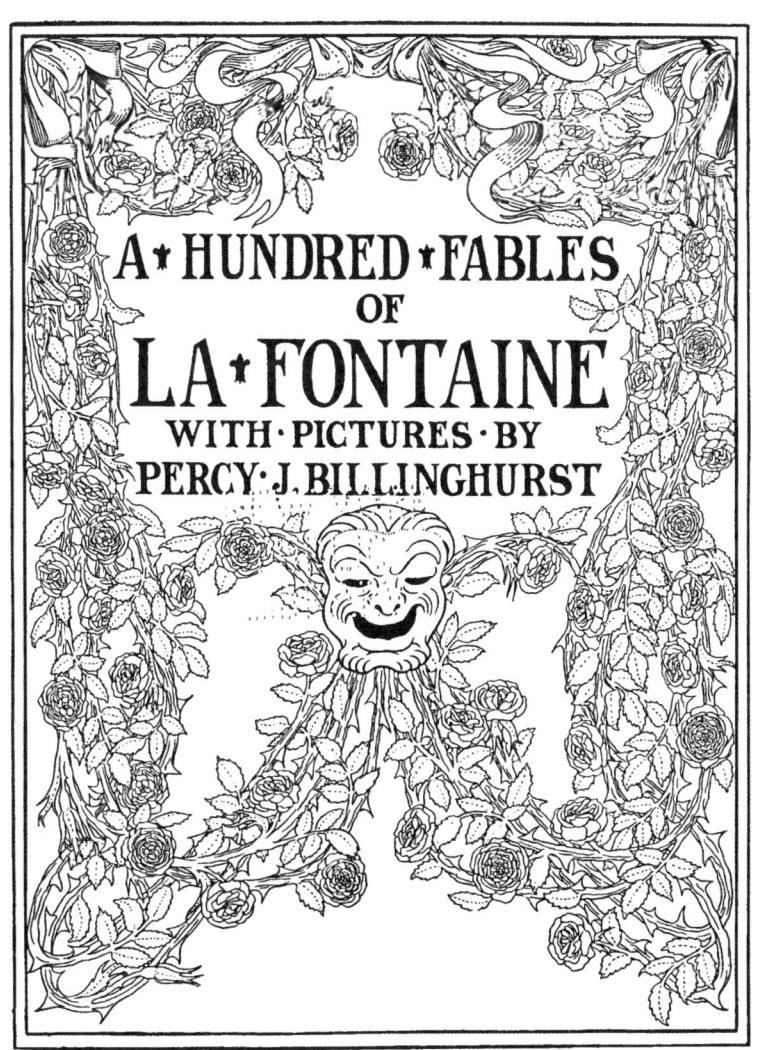

知了和蚂蚁

整个夏天,知了只顾着唱歌,不干正经事情。到了冬天寒风吹起,他没有任何可以吃的东西。他来到了邻居蚂蚁的家,乞求蚂蚁借给他一些稻谷维持生计。他说:"在第二年的夏天,我一定会连本带利还给你。"蚂蚁有个毛病,他有点小气,他问:"今年夏天你干什么去了?""日日夜夜,我都在唱动听的歌曲。""你的歌唱得我很满意!现在你去跳舞吧。"

乌鸦和狐狸

乌鸦嘴里衔着一块奶酪站在树枝上,狐狸闻到了美味,跑了过来。他甜言蜜语道:"早上好,乌鸦先生。说实话,你长得太英俊了。如果你那亮丽的外表能够配上美妙的歌声,那你就是百鸟之王。"听到了这些,乌鸦忍不住要一展歌喉。不出狐狸所料,乌鸦张开了大嘴,奶酪掉了下来。狐狸说:"乌鸦先生,听别人的恭维需要付出代价。一块奶酪并不昂贵。"乌鸦羞愧万分。后悔,但再也拿不回奶酪了。

知了和蚂蚁

两头骡子

两头骡子并排往前走,一头驮着燕麦,一头驮着税银。驮着税银的骡子感到很光荣,他抬头挺胸,铃铛阵阵作响。强盗发现了他们,抓住了那头驮着税银的骡子。骡子想挣扎,但是他驮的东西太重了,他只能呻吟和哀叹:"说好一起渡过难关的,为什么你眼睁睁地弃我而去,留下我受苦!"另一头骡子回答说:"朋友,找到好工作未必是件好事,如果你像我一样为农夫干活,你就不会如此窘迫。"

狼和小羊

什么是丛林法则?有一只小羊在溪流里喝水,一只饿狼跟了过来,对他说:"你好大胆子,竟敢喝我的水。"小羊回答:"先生,不要生气,我在你的下游喝水,不会弄脏你的水的。"狼说:"你弄脏了,而且你去年还说我的坏话。"小羊回答:"怎么可能?我去年还没有出生,我现在还没有断奶呢!""那就是你的哥哥。""我没有哥哥。""不是你的哥哥,就是你的其他亲戚。你们,牧羊人和狗都和我过不去。有仇不报非君子。"说着,狼就把小羊拖进了森林,吃进了肚子。

两头骡子

狼和狗

一只瘦得皮包骨头的狼,遇到了一只迷路的大狗。狗很漂亮,而且礼貌、壮硕,狼恨不得把他马上撕碎,饱餐一顿。但是看上去,他不是大狗的对手,他只能上前恭维道:"你太健壮了,英俊的先生。"狗回答:"只要你走出森林,你也可以和我一样。你们为什么饥肠辘辘?因为你们生活没有保障,什么东西都需要亲力亲为!跟着我吧,你可以改变你的命运!"狼问:"那我需要做什么呢?"狗回答:"陪人狩猎、看家护院,其实几乎不需要做什么事情。如果你会摇尾乞怜,就算无所事事,也能不愁吃喝。"狼幸福地流下了眼泪,他指着大狗脖子上的一块脱毛的地方问道:"这是什么?""小事。""什么小事?告诉我吧。""可能是项圈造成的,他们会牵着我。""他们会牵着你?你不能想去哪里就去哪里?""有时候不能,但这并不重要。他们提供饭菜,我哪里也不想去。"狼听完后,慌忙逃跑了。

狼和狗

牛、山羊、绵羊与狮子交友

牛、山羊和绵羊是三姐妹,她们和凶猛的狮子义结金兰。他们发誓将来有福同享,有难同当。山羊家的陷阱捕获了一头野鹿,她就马上把鹿肉送了过来。狮子看见了,掰着自己的爪子说:"我们有四个,因此我们来分享美食吧。"说着他把鹿肉分成了四份。然后他拿起了最好的一块肉,说道:"第一份应该是我的,因为我是狮子。"另外三个没有异议。"第二份,也是我的,因为我最强壮;第三份,也应该是我的,因为我最勇猛。至于第四份,你们之中谁敢跟我抢,我第一个把她掐死。"

家鼠和田鼠

一次,家鼠请田鼠吃晚餐。在一块土耳其地毯上,他们拿起餐具,享用起山珍海味来。吃得正香,突然门外传来了什么声音,家鼠拔腿就跑,田鼠也跟着跑了。直到一切又恢复宁静,他们重新回来继续就餐。家鼠说:"我们把东西吃光吧!"田鼠说:"我没有胃口了。明天来我家吧。虽然没有美味佳肴,但是我们可以很悠闲,没有什么事会来打搅我们。今天有些扫兴,明天再见。"

牛、山羊、绵羊与狮子交友

双 层 包

万神之王朱庇特一天降旨："众生听着,如果你们对朕为你们设计的外形不够满意,请大胆说出来,朕会进行修改。猴子,你先说,你满意你的容貌吗?""我有什么不满意的?我虽然没有四条腿,但是我一样行动自如,我的样貌无可挑剔。但是,我觉得熊长得比较丑。"这时候熊来了,朱庇特以为熊会抱怨一番,没想到他说:"我喜欢我强壮的身躯,相较之下,大象的尾巴太短,耳朵太大,不够漂亮。"大象听到了说:"相较之下,鲸鱼太肥了。"蚂蚁认为:"蛆虫很小,相较之下,自己也很大。"大家各抒己见,所有动物都吵作一团。我们其实和这些动物一样,偷偷隐藏自己的不足,对待别人却不够宽容。就如同一个双层包,自古以来,我们习惯把别人的缺点放在前面,而自己的缺点藏在后面。

向天后朱诺抱怨的孔雀

孔雀向天后朱诺说:"女神啊,我有一些小怨言。为什么我的歌声不如夜莺那么动听?我妒忌她独享了大家的倾慕。"朱诺生气地回答:"你还羡慕夜莺?你那些五彩缤纷的羽毛,可是天下鸟儿最最羡慕的东西!其实,每种鸟儿都被赋予各自的特长,各有一席之地。别再抱怨了,否则,我会拔光你的羽毛。"

双层包

燕子和小鸟

一只燕子在他的飞行途中,学到了很多知识,他能预知风暴,并把消息告诉水手。播种的季节,他看到农夫在田地里工作,她对小鸟说:"我要远走高飞了,这里马上就会有灾难。许许多多人都会来抓你们,你们死路一条!快去吃掉那些种子吧!"小鸟嘲笑燕子:"这里有那么多好吃的,我们为什么要去吃那些?"当播下去的种子长出细细的新苗,燕子说:"趁还没有成熟,快把新苗都拔掉吧,不然就再也没有栖身之地了。"小鸟不耐烦地说:"不用再说了,丧门星,这件事情只有我们几个根本做不了。"庄稼成熟了,燕子对小鸟说:"不好了,厄运就要来临。人们收完麦穗,空闲下来就会来对付你们。我们候鸟可以飞走,你们却飞越不了沙漠和大海,你们最好找一些山洞墙角躲起来。"小鸟不听忠告,如同当年特洛伊人不听先知的忠告,最终都被捉住当了奴隶。我们往往自以为是,只有灾难来临,我们才去相信。

追逐自己影子的狗

一只狗的影子印在了水面上,他以为那就是猎物,就疯狂地跳到了水里,结果发现,猎物不见了,于是只能游回了岸边。人们也常常会被幻象迷惑,陷入疯狂。

PHILOMEL · AND · PROGNE.

燕子和小鸟

男人和他的影子

一个男人很自恋,他觉得自己是全世界最英俊的人,而且他总怀疑镜子有问题。但偏偏到处都藏着诚实的镜子:住宅里,店铺里,绅士的口袋里,贵妇的腰带里。因为这个男人不敢再面对镜子,他只能找了个没人的地方躲了起来。那里有一条清澈的小溪,他看了看水中的自己,非常恼怒,因此也想远离这条小溪。这其实是每个人都会犯的错误。我们内心深处都很自恋,别人做的蠢事是我们的镜子,那条小溪是我们的道德准则。

姑　　娘

一个姑娘很清高,她想要找一个年轻英俊,有钱又有教养,聪明又热情的丈夫。命运也垂青于她,慕名来了不少优秀的追求者,但每个人都无法具备所有的优点:"让我嫁给这些男人吗?我只能对他们感到同情。"她高傲地俯视一切,优秀的男人都离去了,又来了一群平庸的男人。她又嘲笑道:"让他们一睹芳容已经是他们毕生的福分了。"平庸的男人也走光了。光阴荏苒,姑娘年华不再,没有人再愿意上门提亲了。现在她已不再挑三拣四:"快给我一个丈夫吧。"最后,她愉快地和一个粗人结了婚。

男人和他的影子

九头龙和九尾龙

一个小国的使者去觐见神圣罗马帝国皇帝,他号称自己主人的实力比帝国更强大。一个德国人对他说:"我们的皇帝有很多属国,他们都有强大的军队。"使者说:"这让我想到了几年前的遭遇,一次一条九头龙要来吃掉我。我吓坏了,以为自己危在旦夕,但是他的头穿过了篱笆,尾巴却过不来。这时候,又经过了一条九尾龙,虽然他只有一个头,但是他的头和尾巴都顺利穿过了篱笆。这正如同贵帝国和我们的国家。"

两只公鸡

两只原本要好的公鸡因一只新到来的母鸡进行了决斗。最后,胜利者得到了荣耀和爱情;而失败者却变得一无所有,他终日陷入了疯狂的嫉妒,期待着有朝一日可以雪耻。但是,似乎并不需要了:自负的胜利者站在屋顶歌颂自己胜利的时候,老鹰飞来,让胜利者命丧于利爪之下。于是,母鸡只能重回失败者的怀抱。命运弄人,骄傲往往是毁灭的开端,胜利之后更需要加倍小心。

九头龙和九尾龙

小偷和驴子

两个小偷为了一头驴子扭打成一团：一个人想把驴子卖掉，一个人想把驴子留着。正当他们打得难解难分，第三个贼夺走了驴子。驴子如同一小片土地，小偷如同国家，他们不仅仅有两个，而是三个：土耳其、匈牙利和塔西瓦尼亚。征服者瓜分那些财物本来已经矛盾重重，可是又来了第四个小偷，牵走了驴子。

藏宝者和同伴

守财奴坐拥万贯家财却不舍得花。他甚至为了预防自己花钱，找了一个朋友，一起把钱财埋了起来。过了一段时间，他放心不下自己的财富，就来到藏宝地点查看，却发现自己的钱财不翼而飞。他知道自己受骗了，于是重新盖好土，找到那个同伴，并对他说："我还有一半钱财，现在我想把那些也埋起来。"第二天，钱财果然又分毫不差地回来了。他从此改变了生活态度，尽情享用钱财；而那个小偷，由于事情败露，受到众人的唾弃。

THE·THIEVES·AND·THE·ASS.

小偷和驴子

死神和伐木工

可怜的伐木工走在回家的路上,他弯着腰,背着重担,步履沉重。终于他不堪重负,放下了担子,埋怨起了自己的不幸:"穷人活在世间好痛苦啊!天天辛劳工作,饭都吃不饱。不但需要照顾老婆、孩子,而且还要应付士兵、税吏和债主。不幸的终结,那就是死亡吧。"死神立刻就来到了他的跟前,问:"我可以为你做什么?"伐木工说:"让我重新背起这些木头吧,我还不想死。"死神于是治愈了伐木工,让他继续辛劳工作。世人无不如此,宁愿受苦也不愿意受死。

死神和倒霉的人

倒霉的人天天乞求:"死神啊,你多伟大,快来结束我可悲的一生吧!"死神听到了召唤,穿过门,上了楼,来到他的跟前。倒霉的人看到死神大喊:"别过来,你长得好可怕!死神啊,你快走吧!"梅塞纳斯曾经说过:"无论病痛还是残疾,只要让我活着,我就很满足了。"死神啊,你别来。

DEATH·AND·THE·WOODMAN.

死神和伐木工

胡蜂和蜜蜂

有几个蜂巢,胡蜂和蜜蜂都声称拥有主权,他们请黄蜂来仲裁。胡蜂和蜜蜂都嗡嗡作响,长得也差不多,黄蜂伤透了脑筋。六个月过去了,蜜蜂轻声对黄蜂说:"还没有结果吗?快下结论吧!不然蜂蜜就要被熊吃光了。让胡蜂和我们一起工作吧,看谁能酿出甜甜的蜜,看谁能建造出漂亮的巢穴。"胡蜂不敢答应,于是真相大白,蜜蜂终于得到了他们的巢穴。这个裁决过程太繁复了,神也无法接受。还不如学学突厥人,依靠判断而不是条文来解决问题。我们需要学会思考,而不是只顾吃喝。不然法官吃光了牡蛎,而原告只能得到留下来的空壳。

山鹑和公鸡

有一只母山鹑,天天被一群公鸡围绕着,他们都是这只山鹑的追求者。这群公鸡缺乏良好的教育,他们常常互相啄咬、争风吃醋;有时,他们也会恼羞成怒,直接冒犯异国来的女士。母山鹑只能自我安慰道:"我不想怪罪这些没有教养的公鸡,要怪只能怪罪人类,公鸡都是学了人类的坏样子。"

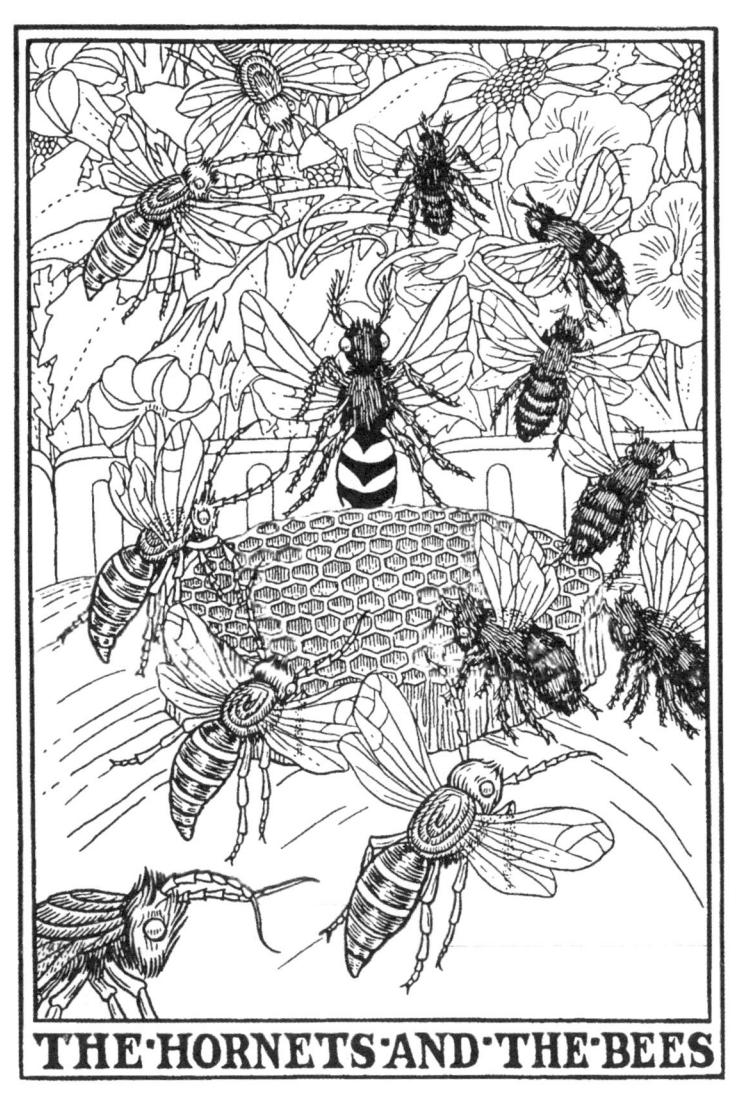

THE·HORNETS·AND·THE·BEES

胡蜂和蜜蜂

橡树和芦苇

一天橡树对芦苇说:"一只小鸟就可以把你压弯,一阵轻风就可以让你低头,你应该向老天控诉。我有叶子能遮风挡雨,你可以躲避在我的树荫下,但你偏要长在潮湿的河堤上,这太不公平了!"芦苇回答:"谢谢你的好意,请不要为我担心。我承受的风可没有你的大,而且我低下头,就不会折断,等着瞧吧。"话音刚落,北方刮来了一阵狂风。芦苇低下了头,橡树依然挺立着,但这次的风刮得更猛烈了,把橡树一下子连根拔了起来,橡树就这样死了。

命运女神和儿童

有一个儿童,在井口睡着了。命运女神正好经过这里,于是叫醒了他:"孩子,请不要在这里睡觉。这里很危险,一不小心就会掉入深井。如果你因此送了命,人们都会来埋怨我的。"命运女神说得很对,很多人天天乞求神的庇佑,自己却不懂得谨言慎行,最后他们惹来了杀身之祸,却又往往归罪于命运。

THE·OAK·AND·THE·REED.

橡树和芦苇

老鼠的议会

一只猫叫罗蒂拉,他是老鼠的煞星。老鼠只能躲在洞里忍饥挨饿。一天,罗蒂拉出门去找母猫玩,鼠王就召集大家开会,讨论怎样摆脱眼前的困境。鼠长老提出了一个想法,他想在罗蒂拉的脖子上挂个铃铛:"罗蒂拉一跑过来,铃铛就会报警,我们就可以安全撤离了。"大家都同意这个想法,但谁去挂这个铃铛呢?结果没有老鼠愿意去。于是会议就这样不了了之了。我们的议会也是如此,讨论的时候,大家很积极,实施的时候,所有人都找不到了。

老鼠同盟

一只小老鼠很害怕猫,于是他与其他老鼠结成了同盟,并与他们聚在一起,共议抗猫大计。最后他们作出了一致决定,全副武装向猫发起攻击。虽然这个决定有些冒险,但是老鼠的胆子都很大,他们的队伍浩浩荡荡,领头的小老鼠也洋洋得意。谁知,猫突然发起了攻击,小老鼠被猫咬在了嘴里。其他老鼠看到了猫的凶残,都担心起了自己的命运,他们丢盔弃甲,立刻落荒而逃,同盟就此瓦解了。

THE·COUNCIL·HELD·BY·THE·RATS.

老鼠的议会

狼和狐狸在猴子面前打官司

狼被偷了东西,他怀疑是行为不端的狐狸干的,因此他提出了诉讼。猴子审理了这个案子,案情复杂,双方当庭争论不休,猴子没有办法作出判断。于是他说:"我太了解你们了,你们都有罪,狼你犯了诬告罪,狐狸你犯了偷窃罪。"表面上看,判决相互矛盾,但事实上,坏人都应该受到惩罚。

狐狸和仙鹤

一次,吝啬的狐狸请仙鹤吃饭,饭菜很简单,只有一盘汤。狐狸慢慢地舔,但是仙鹤的长嘴巴什么也吃不到。为了报复这次欺骗,仙鹤也提出要请狐狸吃饭,他殷勤的把狐狸带到他家并准备了好菜。肉香四溢,狐狸馋得直流口水。但是美味被放在了长口瓶内,仙鹤用他的长嘴巴吃得津津有味。狐狸只能饿着肚子回了家。从这个故事我们可以看出,骗子总会有报应。

THE·WOLF·ACCUSING·THE·FOX··
·BEFORE·THE·MONKEY···

狼和狐狸在猴子面前打官司

两头公牛和一只青蛙

两头公牛为了一头母牛而进行决斗,一只青蛙看了直叹气。他的同伴问他怎么了,他说:"无论哪一方失败,他都会被驱逐。他回不了自己的草场,只能来侵占我们的芦苇塘。我们会被他活活踩死,而这一切仅仅是为了一头母牛。"青蛙说得没错,一头公牛后来果然来到了池塘,许多青蛙因此无辜送命。事情往往这样,大人物犯错,小人物遭殃。

想变得牛一样强壮的青蛙

一只青蛙看到了一头牛,羡慕牛长得很高大。于是他使劲鼓起肚子,想让自己也变得如此高大。他对他的妹妹说:"告诉我,我足够高大了吗?""还不够。""现在呢?""还早着呢!""现在呢?""你差得还很远!"可怜的青蛙最终胀破了肚皮。世界上有很多傻瓜,平民都想成国王。

THE·TWO·BULLS·AND·THE·FROG.

两头公牛和一只青蛙

一只蝙蝠和两只黄鼠狼

一只蝙蝠低头看了看黄鼠狼的窝,黄鼠狼立即把他抓了起来,质问道:"你是不是一只老鼠?肯定是!我和老鼠可是世仇,你竟敢来我家?"蝙蝠说:"对不起,你认错了。我有翅膀,我是一只鸟。"黄鼠狼觉得蝙蝠说得有道理,就放了他。两天后,这只蝙蝠又不小心闯进了另一只黄鼠狼的家,这只黄鼠狼和鸟有世仇。蝙蝠又说:"我不是鸟,我是一只老鼠。"他又顺利脱险。由此看来,随机应变,才能化险为夷。聪明人有时高喊:"国王万岁!"有时高喊:"共和万岁!"

公鸡、猫和小老鼠

有一只小老鼠向他的母亲描述起了自己的探险经历:"我在山的那边看见了两只动物,一只动物头戴肉冠、尾插花翎,他不断扑腾着双臂,高声鸣叫,我被他吓得不轻,扭头就跑了;而他身边那只动物倒是温文尔雅,浑身长满了绒毛,看上去很容易打交道。"鼠妈妈说:"孩子,那只难看的动物是公鸡,他对我们不构成威胁;另外一只是虚伪的猫,他才是我们鼠类的大敌。"看来,万事不得以貌取人。

THE·BAT·AND·THE·TWO·WEASELS.

一只蝙蝠和两只黄鼠狼

中箭受伤的鸟

一只鸟在天上飞,突然中箭受了致命伤。他痛苦地慨叹道:"残酷的人类,你们为什么要用弓箭射伤我的翅膀,我可是无辜的。"话锋一转,他又说:"但不要高兴得太早,你们也已经濒临死亡。因为你们永远争斗不息。"

母狗和她的朋友

一只母狗刚生了一些小狗,但她没有地方给他们住。母狗的一个朋友知道后,把房子借给了他们。过了一段时候,母狗的朋友回来想把房子收回去。母狗说:"宽限我半个月吧!孩子们还在勉强学步呢。"母狗的朋友同意了。半个月后,母狗的朋友又来要房子。母狗凶狠地说:"如果你能把我们赶出去,我就把房子还给你。"这个时候,母狗的孩子已经都长大了,母狗的朋友无可奈何。可见,我们对待恶人要据理力争,不能抱以同情,不然他们会得寸进尺。

THE·
BIRD·
WOUNDED·
BY·AN·
ARROW.

中箭受伤的鸟

狮子和小飞虫

狮子说:"走开,弱小的虫子。"小飞虫听了很生气,他要和狮子决斗:"你以为你是森林之王我就会怕你?就算比你更强壮的水牛,也只能任我摆布。"说完小飞虫先离开一段距离,然后像一个勇士一样猛冲过去。他狠狠地在狮子的脖子上咬了一口。狮子被惹怒了,他开始咆哮,但是小飞虫左右闪躲,还嗡嗡直叫。小飞虫不断地用声音骚扰狮子,还到处乱咬,面对看不见的对手,狮子无能为力。没有牙齿也没有爪子的小飞虫在狮子身上不停地吸血。狮子只能甩尾巴来驱赶小飞虫,但也不起作用。狮子最终筋疲力尽,而小飞虫获得了胜利。因为击败了狮子,小飞虫洋洋得意,他到处宣扬自己胜利的消息,但一不小心,掉入了蜘蛛的陷阱,于是就送了命。这个故事告诉我们,首先不要轻视弱小的敌人,其次做事需要谨小慎微。

THE·LION·AND·THE·GNAT

狮子和小飞虫

驮海绵的驴子和驮盐的驴子

有两头驴子,一头驮着海绵,他走路昂首挺胸,另一头驮着盐,他步履蹒跚。前面有一条小河,赶驴人准备让两头驴子趟水过河。驮盐的驴子跳入水中,他脚下一个趔趄,因为盐都溶解到水里,他顿时感到很轻松。而驮海绵的驴子也跳入水中,学着样子低下身子,以为能减轻负担。但海绵吸足了水,他的身上突然无比沉重,几乎丧命。这个故事说明,每个人都不同,不需要去模仿别人。

激流与平河

一个人在路上遭遇了强盗,于是赶忙逃走、慌不择路。他骑马飞驰,来到了一条激流前,水声隆隆,但是后有追兵。他最终鼓足了勇气,涉水过了河。然而强盗还在后面紧追不舍,那人只能继续逃命。马蹄再次停住了,他又遇到了另一条河。这条河水流平静,无声无息,似乎并没有危险。有了上次的经验,那人没有多想,就骑马跃入了河中。但是河底却是流沙,马蹄陷了进去,再也没能拔出来。有的时候,声势浩大未必可怕,沉默才更加可怕。

THE·ASS·LOADED·WITH·SPONGES.

驮海绵的驴子和驮盐的驴子

鸽子和蚂蚁

鸽子在一条清澈的小溪边喝水,突然一只蚂蚁失足掉入水中。对于蚂蚁来说,小溪就如同大海一样,因此他怎么努力也游不到岸边。鸽子很仁慈,他扔给蚂蚁一叶青草,青草为蚂蚁架起了一座浮桥,于是蚂蚁得救了。这时,一个乡巴佬赤着脚,悄悄地靠近。他张弓搭箭,想射死鸽子。蚂蚁见状咬了乡巴佬的脚跟一口。乡巴佬下意识一回头,鸽子就闻风而逃了。

模仿老鹰飞翔的乌鸦

乌鸦看见老鹰抓走了一只羊,心里羡慕不已,他虽然胃口很小,但是他想做和老鹰一样的事情。他在空中精心挑选目标,最终选中了一只肥羊,就俯冲了下去。但他非但没有抓起那只羊,反而自己的爪子被缠在了羊毛上,无法挣脱。牧羊人看到了马上赶了过来,把乌鸦关进了笼子里。看来每个人都需要量力而行,根据自己的实际条件办事,而不要一味地模仿别人。

THE·
DOVE·
AND·
THE·
ANT.

鸽子和蚂蚁

狮子和驴子一起打猎

一天狮王带着一些动物去围猎。因为驴子嗓门最大,狮子请驴子当号手,他让驴子务必大声高喊,提醒小动物赶快回家,自己则亲自上阵捕获猎物。驴子的叫声很恐怖,让所有的动物都惊慌失措,结果狮子满载而归。驴子问:"我是不是立了头功?"狮子忍受不了驴子的自负,讽刺道:"那还用说吗?我都差点被吓破了胆。"驴子敢怒不敢言。

狮子和老鼠

弱小的动物未必无能。有一天,狮子抓住了一只冒失的老鼠,但一时心软,就宽恕他。过了几天,狮子在森林外觅食,结果不小心被陷阱抓住。狮子竭尽全力,还是无法挣脱。老鼠先生此时及时赶到,他用牙齿慢慢咬断了绳索,救出森林之王。有时候,耐心比蛮力更为有用。

THE·LION·AND·THE·ASS·HUNTING.

狮子和驴子一起打猎

∽ 公鸡和狐狸 ∽

一只老公鸡站在树枝上。狐狸假惺惺地说:"兄弟,我们休战吧!赶快下来,我要和你拥抱,我们以后要和睦相处。"公鸡说:"朋友,太好了。我看到两条猎狗正向这里跑来,我要把这个好消息也告诉他们。"狐狸赶忙说:"再见,我要去忙了,我们下次再庆祝吧。"说完,狐狸转身逃跑了,他的诡计被拆穿了。公鸡转危为安,他让骗子受了骗。

∽ 青蛙和老鼠 ∽

有一只老鼠吃东西不知节制,因此长得肥胖无比。一天他正在池塘边散心,走来一只青蛙,对他说道:"我准备了好酒好菜,来我们家吃饭吧。"老鼠先生满心欢喜地答应了,但是他却不会游泳。青蛙说:"我有办法,你可以用草绳把爪子绑在我的腿上。"于是,老鼠跟着青蛙跳进了水中,这时,青蛙凶相毕露,他使劲把老鼠往水里拖,原来他是想饱餐一顿。这个时候,天上飞来一只鹰,把老鼠连同青蛙都捉走了,他们一起成为鹰的美餐。害人者常常害己,不讲信用的人总会得到报应。

THE·COCK·AND·THE·FOX·

公鸡和狐狸

乔装成牧羊人的狼

一只狼,为了抓一些小羊,把自己乔装成了牧羊人,他照着牧羊人的穿戴,几乎可以乱真。在真正的牧羊人和牧羊犬都熟睡的时候,他悄悄地来到了牧场,羊群没有认出他,看样子一切顺利。但怎样把羊群赶进森林呢?他觉得应该开口说些什么。可是,他刚刚张开嘴说了几句话,他的声音让他原形毕露,号叫惊醒了牧羊人和牧羊犬,也惊动了羊群。此时,他的乔装成为拖累,穿着衣服的他无法进行反抗。狼终究是狼,骗子总有一天会露馅。

狐狸和山羊

一只狐狸和一只山羊一起赶路,路途遥远使他们口渴难耐,于是他们跳入了一口水井去喝水。当他们都喝够了,狐狸问:"我们应该怎么出去呢?这样吧,你举起前蹄趴在井壁上,我先踩着你上去,然后再想办法把你拉上去,怎么样?"山羊说:"这个主意真好,你太聪明了!"于是山羊照做了,狐狸也顺利地爬了出去。这时,狐狸对山羊说:"再见,我要赶路了,你想办法爬上来吧。"说完,他就独自走了。

THE·WOLF·TURNED·SHEPHERD.

乔装成牧羊人的狼

天鹅和厨师

农场主养了一些天鹅和一些白鹅。天鹅被作为观赏动物,而白鹅会被做成佳肴。天鹅和白鹅一起放养,他们相亲相爱、无忧无虑。有一天,厨师喝醉了,抓了一只天鹅准备宰杀。天鹅低声唱起了哀歌,厨师听到后感到惊讶:"我难道要把一位歌唱家拿来做菜?不,神不会原谅我这样做的!"当危险来临,我们可以试试用温柔的语气说话。

狼和仙鹤

一只贪吃的狼,囫囵吞枣不小心卡住了喉咙。正巧一只仙鹤经过,狼就央求仙鹤为他动手术。仙鹤用长嘴很快解决了问题,之后,她提出要一笔酬金。狼说:"酬金?臭婆娘,你开什么玩笑?你从我喉咙里得到的东西还不够多吗?滚,忘恩负义的家伙,别让我再看见你。"

THE·SWAN·AND·THE·COOK.

天鹅和厨师

被人打败的狮子

有人展出了一幅画,画面上,一头巨大的狮子被一个人打翻在地。观众看得洋洋得意。一头过路的狮子插话说:"看上去很不错,人类战胜了狮子,但是很可惜这些都是虚构的。如果我们狮子会画画,被打翻的应该是你们。"

寓言的威力

古希腊的一个演说家发现自己的国民自负无知,国家变得腐朽不堪,于是他站到街头,滔滔不绝起来。他慷慨激昂、言辞恳切,但这一切却没能引起人们的足够关注。他们的目光被两个正在打架的孩子所吸引。演说家灵机一动,开始讲起了故事:"有一次,丰收女神、黄鳝和燕子一起外出旅行,但是一条河挡住了他们的去路。黄鳝游了过去、燕子飞了过去……"人们急切地问:"那丰收女神该怎么办呢?"演说家生气地说:"哼!你们对国家大事不闻不问,却对孩子的故事如此感兴趣吗?"人们顿时被唤醒了,开始认真听取演说家的见解,并纷纷响应了号召。寓言的作用就是如此巨大,有人说,世界衰老了,而我却认为,人们如同孩子,他们渴望那些浅显易懂、充满快乐的故事。

被人打败的狮子

钻进谷仓的黄鼠狼

一只瘦小的黄鼠狼从一个小洞钻进了谷仓,谷仓对她来说就是天堂。她整天大快朵颐,身体迅速发福。一周后的某一天,她忽然听到了怪异的声响,于是想钻出谷仓看看。但是洞口已经太小了,她怎么也钻不出去。她自言自语道:"我只待了一个星期,怎么就出不去了呢?"一只老鼠看见了对她说:"后悔了吧!你瘦着进来,你也只能瘦着出去。"

猫和年长的老鼠

有一只凶残的猫,他是老鼠的劲敌。老鼠都很害怕他,因此他们只能整天躲在洞里,不敢出门。猫为了捉住更多的老鼠,于是想出了一条计策,他装死,希望能把老鼠从洞里引出来。老鼠果然上当了,他们集体跑出洞来,庆祝天敌的离世。但是谁能想到,正在这个时候,猫复活了。这让老鼠措手不及,跑在最后的几只也因此送了命。猫说:"你们上当了吧,兵不厌诈,我还有其他计谋呢,你们要小心。"第二次,猫又想出了一条诡计,他用面粉把自己伪装了起来,躲在了一只打开的木箱子里面。有一只年长的老鼠跑出来侦察,他闻到了猫的气味,于是他就说:"你涂上这些面粉也没有用,我知道这又是你的圈套。"我很赞赏这只老鼠的谨慎,小心行得万年船。

THE·WEASEL·IN·THE·GRANARY

钻进谷仓的黄鼠狼

牧羊人和大海

海边住着一个牧羊人,他养着一群羊。虽然他不是很富裕,但是他的生活很滋润。有一天,海上来了一条满载财宝的船,于是他划着小船带上了自己所有的羊,去船上交换财宝。回航的时候,他的船翻覆了,财宝都掉进了大海里,自己捡了一条性命。没有了钱,也没有了羊,于是,他只能给别人去放羊,再也不能自由自在地生活了。后来,他有了些积蓄,又买了属于自己的羊群。过了一段时间,又开来了几条船。这时,他对海神说道:"去找别人吧,谁也别想换走我的羊。"这个故事说明,一雀在手,好过两雀在林;大海上面会有奇遇,但也会有台风。

傻瓜和智者

傻瓜朝智者扔了一块石头,智者非但不生气,反而给了他一些赏钱。傻瓜以为有利可图,在街头如法炮制,这次却被人痛打,丢了性命。宫廷中也有这样的傻瓜,为了博得君王一笑,他们不惜恶语中伤。不用急着收拾他们,自会有人清君侧。

THE·SHEPHERD·AND·THE·SEA.

牧羊人和大海

驴子和小狗

可爱的小狗很受欢迎。驴子看得心生妒忌:"凭什么他只懂装可爱卖乖,却能获得大家的拥抱,而我任劳任怨,却天天挨棍子?其实装可爱我也会!"于是驴子跑到了主人面前,学着小狗的样子向主人献媚,他还用自己特有的嗓音唱歌给主人听。正当他自我陶醉的时候,只听主人厉声说道:"快拿棍子来!这只驴子又欠揍了!"一顿棍棒之后,闹剧终于收场了。

苍蝇和蚂蚁

苍蝇和蚂蚁争论谁更伟大,苍蝇说:"神啊!您怎么可以让一个爬行动物和一个风神的女儿平起平坐。我可以出入宫殿,我可以品尝贡品,我可以亲吻国王的脖子,我还可以衬托出公主的美丽。而你这只小蚂蚁,只是个搬运工。"勤劳的蚂蚁一反驳道:"你可以出入宫殿,可是你令人讨厌;你品尝贡品,可是你让贡品变质;你亲吻国王的脖子,甚至你还亲吻驴的脖子;你衬托出公主的美丽,但是你会被人拍死。你是一只苍蝇,一只可怜的寄生虫,你有什么值得炫耀的?"苍蝇最终被人从宫殿驱逐了出去,饥寒交迫而死。这个故事告诉我们,劳动,才能使我们富足;而虚荣,换不回任何东西。

THE·ASS·AND·THE·LITTLE·DOG

驴子和小狗

老鼠和黄鼠狼之间的战争

黄鼠狼和老鼠是世仇。有一次,鼠王组织大军寻衅黄鼠狼的营地,黄鼠狼也不甘示弱进行了反击。双方都杀得昏天黑地,于是尸横遍野、流血漂橹。虽然老鼠的将军都异常勇猛,身先士卒,但是相较之下,老鼠大军的损失还是更为惨重,最终他们只能溃退。老鼠士兵都钻进了洞里,保住了一条小命,但是那些老鼠将军,却并不走运:他们个个都戴着插着羽毛的钢盔,这使他们无法钻进狭小的鼠洞中去,结果都在战场光荣牺牲。有的人喜欢每天把自己的脑袋修饰得很漂亮,但这会耽搁赶路的时间。小人物做事低调,会避免很多烦恼;大人物太过于招摇,往往带来大麻烦。

狼和牧羊人

狼是全民公敌,他被牧羊人和猎狗共同追杀,因此走投无路、饥不择食。有一只狼决心痛改前非:"好吧,我不想再受到指责了。我改吃青草或者饿死算了,让我来化解这段仇恨吧。"正在这时,他看见几个牧羊人围在火炉旁烤着羊羔肉。狼似乎恍然大悟:"这些自诩为羊群守护者的家伙竟然在吃羊肉?那我为什么要犹豫和踌躇?"的确,没有尖牙利齿的人类和狼并没有区别,狼的唯一错误在于,他不是所有生命的主宰者。

THE·BATTLE·OF·THE·RATS·AND·THE·WEASELS·

老鼠和黄鼠狼之间的战争

男人和神像

一个男人家里供奉着一尊木质神像,他天天向神像祷告,并奉上最好的祭品,但是神像却装聋作哑,没有给他任何回报。终于有一天,他再也没有钱供奉祭品了,于是他拿来了棍子把神像打坏了。但此时,他却意外地发现神像里面藏着金子。他说:"我对你恭恭敬敬,你却无动于衷,看来我早该换一种方式来对待你了。"

淹死的女人

一个丈夫听说他的妻子失足落水淹死了,于是他就来到了事发地点寻找妻子的遗骸。这位丈夫向路人询问:"你们有什么线索吗?"一个人说:"我没有什么线索,不过你可以去下游找一找,尸体可能顺着水流漂到下游去了。"另一个人说:"不对,应该去上游看看。"有些人,他们从不明白事理,只是天生喜欢和人争辩。

THE MAN AND THE WOODEN GOD.

男人和神像

骆驼和漂浮的木棒

第一个远远看见骆驼的人，以为骆驼是只怪物，转身就逃跑了。后来的人，才敢慢慢靠近他，最后驯化他。同样一个话题，一个巡海的人看到远处海面上漂浮着一个东西，就迫不及待地认为那是一条大船。过了一会，他觉得那可能是一条小船。当那个东西漂到眼前，他才知道，那只是一根木棍。有的东西就是这样，远远看上去，它好像是个什么东西，近看却不然。

马对鹿的忌恨

很久很久以前，马、驴子、骡子和鹿都和平共处，但有一匹奇怪的马，他特别忌恨鹿，因为鹿行动敏捷，步伐矫健，于是这匹马就请人来帮忙。人为马安上了缰绳，戴上了马鞍，自己骑在马上，一起去追杀鹿。鹿最终被杀死了，马感激万分。正当马想要离开的时候，人却说："不行，你得留下来为我服务。"于是，人剥夺了马追逐自由的权力，将他驯化成为了自己的坐骑。自由是最珍贵的东西，没有了自由，那再好的东西又有什么用？此时马虽然后悔，但为时已晚。

THE·CAMEL·AND·THE·FLOATING·STICKS

骆驼和漂浮的木棒

伐木工和墨丘利

有一个伐木工遗失了他的斧子,斧子对他来说太重要了,没有斧子他该怎样干活,怎样维持生计呢?于是他成天以泪洗面,不停地祈祷:"万神之王朱庇特,请你还给我斧子吧,我不能离开它!"奥林匹斯山上的信息之神墨丘利听到了这一番肺腑之言,来到他的身边,说:"你的斧子还在呢!我在附近捡到了它。"说着,他拿出了一把金柄的斧子。伐木工说:"神啊,这不是我的斧子。"墨丘利又拿出了一把银柄的斧子,问:"是不是它?"伐木工还是摇了摇头。最后墨丘利拿出了一把木柄的斧子,伐木工说:"就是这把斧子,太好了。"墨丘利说:"诚实的人啊,这三把斧子都归你了,这是你应得的奖赏。"伐木工高兴地收下了斧子。墨丘利帮伐木工找到斧子的故事被传开了,有些人就故意扔掉自己的斧子求神明来帮忙。墨丘利又来了,每个人看到金柄的斧子后,都迫不及待地接受,结果却受到了惩罚。人们总是见钱眼开,不愿说实话,但上帝又不是傻瓜。

THE·WOODMAN·AND·MERCURY.

伐木工和墨丘利

陶罐和铁罐

两只铁罐邀请陶罐一起出行,陶罐说:"你们的外壳比我的坚硬,所以你们不担心摔打;而我很脆弱,所以我得小心谨慎。"铁罐说:"我们会保护你的。"陶罐最终同意了,于是两只铁罐把陶罐夹在中间上了路。一路上,他们相互碰撞,刚走出没多久,陶罐就成了碎片。由此看来,我们应该和相似的人一起合作,以免落得一个悲惨的下场。

太阳和青蛙

暴君的婚宴上,所有人都酒兴正酣,只有寓言家伊索看到了隐忧,他说:"从前,太阳曾想结婚生子,青蛙却立刻抱怨了起来:'如果他有了孩子,我们该怎么办?一个太阳我们尚能忍受,如果有很多太阳出现,那么大海就要干枯,池塘就要消失,所有生命就会终结。'我觉得青蛙的话没有错。"

THE·EARTHEN·POT·AND·THE·IRON·POT.

陶罐和铁罐

兔子的耳朵

狮王被一只长犄角的动物弄伤后,恼羞成怒,要求所有长犄角的动物都离开他的领地,于是羊、鹿、牛只能动迁。兔子很担忧,他对蟋蟀说:"我看来也不得不搬家了,我的长耳朵会被当成犄角的。"蟋蟀说:"可这是你的耳朵呀。"兔子说:"但别人以为这是犄角,如果我辩解,他们会觉得我疯了。"

猎人、苍鹰和云雀

一个猎人用镜子和诱饵捕鸟,果然,从远处飞来了一只云雀。还未等云雀进入陷阱,又飞来了一只苍鹰,捉住了弱小的云雀。正在这时,一张大网落下,把云雀和苍鹰一起罩在了里面。苍鹰说:"猎人,放开我!我从来没有得罪过你。"猎人反问:"难道这只弱小的云雀得罪过你吗?"

THE·EARS·OF·THE·HARE.

兔子的耳朵

老太婆和她的两个女仆

老太婆的家中有两个女仆心灵手巧,于是老太婆就拼命让两人赶工。每当鸡叫,她们就得起床工作,夜以继日,分秒不停。两个女仆恨死了公鸡,找了个机会,把无辜的公鸡杀死了。但是,这并没有换来她们更多的睡眠时间。老太婆害怕错过了她们的起床时间,整个晚上都坐立不安,让她们无法安心入眠。这就是所谓的"得不偿失"。

牧师和死者

一个有钱人死了。牧师迅速收殓了尸首,驾着载有棺木的马车匆忙上了路,因为他想赶快将他下葬。他一边贪婪地看着棺木,一边心中暗自盘算着:"死鬼啊,你衣着华贵,可我们只要些许报酬就足够了,给我们一点香烛费吧,等我拿到了钱,到时,我就可以买桶好酒慢慢享用了,还可以为姑娘们准备些礼物。"牧师正沉浸在自己美好的想象中,突然飞来横祸。马车行进间突然发生了事故,翻覆在了路边。牧师也撞破了头,一命呜呼了,他紧随其后,也成了一个死鬼。

THE·OLD·WOMAN· AND·HER·TWO· SERVANTS.

老太婆和她的两个女仆

农夫和他的孩子

一个富农临死前把他的几个孩子叫到身旁,说:"在某个地方藏着祖传的宝物,你们八月一过,就遍地去找吧。"农夫离世后,孩子们果然遍地去寻找宝物,虽然宝物最终没找到,但是地里的庄稼收成非常好。农夫的遗言其实就是:劳动就是财富。

老头和他的孩子们

有一个老头临死之前叫来了他的三个儿子,说:"儿子们,你们有谁能把这一捆鱼叉折断?"三个儿子轮番试了一遍,但都没有成功。老头接着说:"我可以把它折断。"儿子们还以为父亲在开玩笑,但只见父亲解开绳子,稍一用力,就折断了一支鱼叉。老头说:"团结才是最大的力量啊!我要离开人世了,你们一定要记住,'兄弟齐心,其利断金'。"说着,老头就咽气了,三个儿子共同继承了一笔可观的遗产。过了几天,一个债主上门打官司,三兄弟同心协力,最终胜诉。但是利益让他们分裂,他们开始有了嫌隙。这时候,债主再次提出了诉讼。三兄弟的意见不一,最后输掉了官司,也输光了财产。

THE·PLOUGHMAN·AND·HIS·SONS···

农夫和他的孩子

马 和 狼

一只狼饿了一个冬天,终于春天到了,万物复苏,因此他又出来觅食了。一匹马路过,他起了歹念,但这个猎物并不好对付,该怎么办呢?于是,狼就上前对马说:"我是一个医生,义务就诊,包治百病,你有什么病情?"马说:"我的蹄子上生了一个疮,它让我痛苦不已。"狼说:"那我来帮你治疗吧。"说着,就扑了上去。马很疑惑,就踢了他一脚。狼痛得只能苦笑。

狼、母羊和小羊

羊妈妈出门觅食,临行前她叮嘱小羊道:"你要听到熟悉的声音才能开门,我留下一句暗号:'老狼是个大坏蛋',你要用心记住。"正当羊妈妈说这番话的时候,狼正巧经过,因此,他偷听到了所有细节。羊妈妈刚刚离开,狼就来敲门,并模仿羊妈妈的声音说:"老狼是个大坏蛋!"狼以为小羊马上会来开门,没想到聪明的小羊很谨慎,他说:"伸出你的白手掌给我看看吧。"狼怎么会有白手掌呢?无可奈何的他只能悻悻地离开了。看来保持警惕总是有好处的。

THE·HORSE·AND·THE·WOLF·

马和狼

驮圣像的驴子

一头驮着圣像的驴子处处受人敬仰。驴子自鸣得意,但有人悄悄告诉了他:"驴子先生,人们敬仰的可不是你,而是你身上的神像。"同样的道理,人们敬畏的不是白痴的法官本人,而是他身上的袍子。

马车和苍蝇

六匹马拉着一辆大车向着山顶艰难地前行,来到一个陡坡,疲劳的马儿都停住了脚步。于是所有人都下了车,唯独一只苍蝇飞来,停在了车上。他要用嗡嗡的叫声为马儿鼓劲。当车子又开始滚动的时候,苍蝇认为这全是他的功劳:他觉得自己如同战场上的将军,引导着士兵向前冲锋。马车终于到了山顶,苍蝇说:"现在大家可以休息一下了,而你们都得报答我,快付给我酬金吧。"很多人也是如此,他们殷勤地介入别人的事务,自以为不可或缺,其实却令人生厌。

THE·ASS·CARRYING·RELICS.

驮圣像的驴子

❧ 鹿和葡萄园 ❧

在猎人的追逐下,一头鹿逃进了葡萄园,藤蔓遮住了猎人的视线,鹿逃过了一劫。不过鹿非但不思感恩,还吃起了葡萄叶。猎人听到了声音,发现了鹿,并将他一枪毙命。这就是忘恩负义的可悲下场。

❧ 看着倒影的鹿 ❧

一头鹿看见水中的倒影,认为自己的鹿角长得很漂亮,但是他对自己的四条腿并不满意。这时候,来了一只猎狗,于是鹿扭头就跑。鹿角与树枝纠缠,成为逃跑的最大阻碍;四条腿拼命狂奔,才勉强化险为夷。但就是这对险些让鹿命丧黄泉的角,老天还让它年年生长。人就是这样,他们制造美丽忽略实用,最终却被美丽所累。

THE·STAG·AND·THE·VINE···

鹿和葡萄园

老鹰和猫头鹰

老鹰和猫头鹰签订了盟约,保证互相不伤害对方的孩子。猫头鹰问老鹰:"你认得我的孩子吗?"老鹰说:"不认得。不过你放心,我不会伤害他们的。但是你得先告诉我,他们长什么样子。"猫头鹰说:"我的孩子可爱极了。你见到了他们,一定可以认出他们的。"之后的某一天,老鹰出去觅食,看到山崖上有几只长得极其丑陋的小鸟。他们神情哀怨,叫声凄惨。老鹰回想起了猫头鹰的话,认定这些小鸟肯定不是猫头鹰的孩子,于是他享用了一顿饕餮大餐。而其实,这正是猫头鹰的孩子,猫头鹰回到了家,看见家中的惨状,于是向神控诉。神说:"这只能怪你自己。大家都认为自己的孩子很完美,但是真的如此吗?"

公鸡和珍珠

一只公鸡得到了一颗珍珠。他找到了宝石商人,把珍珠交给他,并说:"我觉得这个东西很精美,但我更想要一颗小米粒。"一个文盲继承了一份手稿,他找到了书店老板,把手稿交给了他,并说:"我猜这个东西很好,但是我更想要一块铜板。"

THE·EAGLE·AND·THE·OWL.

老鹰和猫头鹰

披着狮皮的驴子

一头驴子披着狮皮,耀武扬威。但是驴子的长耳朵暴露了自己,因此他还是不得不被赶回了磨坊,不明真相的人感到惊讶:"怎么可以让狮子去推磨呢?"法国其实有不少人就好像这头驴子:一部骑兵中,四分之三的人喜欢自吹自擂。

戴着孔雀羽毛的八哥

一只八哥捡起了孔雀掉下的羽毛,插在了自己的身上,他自以为很美,于是跑到了其他孔雀面前去炫耀。其他孔雀当然识破了他,嘲笑他是个"冒牌货",他们拔光了八哥身上的毛,并把他赶了出去。同样是两条腿,有一些人也喜欢剽窃别人的东西。

THE·ASS·DRESSED·IN·THE·LION'S·SKIN

披着狮皮的驴子

兔子和鹧鸪

兔子和鹧鸪是邻居。一天猎人带着猎狗狩猎,兔子拼尽全力,还是在劫难逃。鹧鸪在空中经过,冷嘲热讽道:"长着四条腿有什么用?跑得还是不够快。"正在这时,猎鹰冲了过来,也完结了他的性命。长着一对翅膀有什么用?飞得还是不够高。

猫、黄鼠狼和小兔子

一天早晨,小兔子出门散步,黄鼠狼趁此机会,爬进了小兔子的家。等小兔子回来,看见自己的家园已经被黄鼠狼强占了,开口便问:"你怎么可以这样?这可是我的祖宅啊。"黄鼠狼说:"既然我已经住在了这里,那这里就是我的家。《继承法》可没有说,必须要由儿子来继承财产。"小兔子说:"按照惯例,子承父业是理所应当的。你侵占了我的家,这个房子就算你的了?"黄鼠狼说:"好吧,那我们找个仲裁吧!"于是他们找来一只白白胖胖、隐居清修的猫咪,让他来仲裁这场财产纠纷。猫说:"靠近一些。我老了,耳朵不好,听不清你们说什么。"黄鼠狼和小兔子毫不犹豫走近前来,突然,猫咪扑了上去,黄鼠狼和小兔子都成为猫咪的盘中餐。这正与小人物在国王面前争执的情景一致。

THE·HARE·AND·THE·PARTRIDGE.

兔子和鹧鸪

熊和两个小工

两个小工急等用钱，于是向皮货商兜售熊皮。这只熊其实还在森林里，但是他们承诺两天内会将这只熊杀死。他们和皮货商谈妥了价钱，于是就出发找熊去了。刚进入森林，熊就出现了，两个人被吓坏了，一个爬上了树顶，一个躺在地上装死。熊走进"死尸"闻了闻，自言自语道："他一动不动，肯定已经死了。"于是就走开了，最终消失在了森林里。树上的那个赶忙爬下来，去探视他的同伴："你竟然还活着，谢天谢地，这真是一个奇迹。但是熊之前跟你说了什么？我离得太远什么也没有听见。"另一个说："他说，'千万不要提前兜售还没有到手的熊皮。'"

没尾巴的狐狸

一只狡猾的老狐狸被陷阱逮住，他无可奈何，只能自己剪掉了尾巴，保住了一条老命。但没有尾巴让他很丢脸，于是他向其他狐狸建议说："尾巴本来就没有什么用，大家都应该把尾巴剪掉。"但是其他狐狸只管嘲笑他。他只能悻悻地说："你们不懂时尚。"

THE·BEAR·AND·THE·TWO·COMPANIONS

熊和两个小工

狮子领兵

狮王御驾亲征,将领奋勇争先:大象负责运输和助战,狗熊负责强攻,狐狸充当谋臣,猴子充当疑兵。大家都在议论:"驴子很笨,兔子胆小,他们有什么用?"狮王说:"他们也同样重要,驴子可以做号手,兔子可以当信使。"聪明的狮王知人善用,自然无往不克。

愿　　望

从前,每家每户都有一位守护神,他们为主人工作。有一位守护神受到了他家主人的赞许,因为他工作勤恳,所有事情都被安排得井然有序。但是,他却受到了同类的排挤,将被派往遥远的北方去工作。于是,守护神就对主人说:"我将要离开了。临走之前,我可以满足你三个愿望。"主人的第一个愿望是财富,钱箱、谷仓、酒窖,立刻都充满了金银。但财富引来了窃贼、要求借贷的商人和查税的官吏,因此,金银并没有让主人感到幸福,反而增添了烦恼。主人很快又许下了第二个愿望:"把财富拿走吧!平凡才是幸福。"立刻,平凡重新降临,主人的生活又回归了快乐。经过一番折腾,第三个愿望主人想要什么呢?永远不会带来烦恼的财富,是智慧。

THE·LION·GOING·TO·WAR··

狮子领兵

牧羊人和狮子

牧羊人丢失了几只羊，于是就怪罪起了前科累累的狼。他祈求道："啊，万神之王朱庇特，请把凶手带到我面前，我一定要将他打死，我将拿出最肥的羊作为您的献祭。"话音刚落，一头狮子出现在了牧羊人面前。牧羊人大惊失色，连忙说："神啊，请求您把狮子带走吧，我愿意再献上一头牛。"

农夫、狗和狐狸

一只狐狸住在农场附近，他天天觊觎着农夫饲养的母鸡。有这么一个危险的邻居，农夫本该格外小心，可是在一个月黑风高的晚上，农夫却铸下了大错，他忘了关闭鸡舍的大门。结果，狐狸在农夫和看门狗的鼾声中，悄悄地潜入了鸡舍，残杀了所有母鸡，制造了一场最骇人听闻的惨案。天亮了，农夫照常前来检查鸡舍，却发现了一堆堆血淋淋的尸体。农夫恼羞成怒，于是他就对看门狗大喊大叫起来："该死的畜生，白白养你了，你怎么没有看好大门？"狗辩驳道："这是你的错，作为这里的主人，你应该负责关好鸡舍。"狗说得不错，却遭到了一顿痛打。

THE·SHEPHERD·AND·THE·LION··

牧羊人和狮子

狮子和猎人

一个喜欢自吹自擂的猎人遗失了他的猎狗。牧羊人认为,狗一定被狮子吃了。猎人于是就问牧羊人:"请你告诉我狮子的洞穴在哪里,我要去教训他。"牧羊人说:"就在这附近。"正说着,狮子出现了,猎人马上飞奔而去,嘴里还大叫着:"神啊,救救我吧。"当危险降临的时候,我们才能看见真正的勇气。

狼 和 狐 狸

月圆之夜,狐狸在外觅食。正为找不到食物而苦闷的他,忽然看到井底有一块奶酪,于是就钻进了挂在井架上的吊桶,吊桶一升一降,狐狸落到了井底,然而,结果却让狐狸大失所望,水中哪有什么奶酪?那只不过是月亮的倒影。更糟糕的是,他发现自己已经被困在了井底。狐狸心想:"只有等待下一个饿鬼到来了。"可是几天过去了,并没有来客,又过了几天,终于有一条狼从井边路过。狐狸叫道:"狼兄弟,我请你吃奶酪,这块奶酪很美味,我专门为你留了一半。"狼信以为真,他也钻进了吊桶。随着吊桶再次一升一降,狐狸终于重新获得了自由,这回轮到饿狼独自在井底发愁了。

THE·LION·AND·THE·HUNTER.

狮子和猎人

狐狸、猴子和其他动物

狮王过世了，动物们决定寻找一个新领袖。大家都来试戴王冠，但大小都不合适。只有猴子用王冠玩起了杂耍，看得大家眼花缭乱，因此猴子被选举为新国王。新国王登基，大家都拜伏，只有狐狸暗自不服，他说："陛下，我有一张藏宝图，但宝藏应该归于您。"猴子见钱眼开，于是决定亲自探宝，但没想到中了狐狸的圈套。"你还想领导大家？你还是先管好自己吧。"于是猴子被废黜了。看来不是所有人都配戴上王冕。

年迈的狮子

狮王上了年纪，日渐虚弱。他的子民已经变得不服管教了：马跑来踢了他一脚，狼咬了他一口，牛也用角顶了一下。狮子很沮丧，但是无力挣扎。当一头驴子正要跑来戏弄他的时候，狮子说："你们太过分了，我只想安然死去。可你们让我备受煎熬。"

THE·FOX, THE·MONKEY, AND·THE ANIMALS

狐狸、猴子和其他动物

老人和驴子

老人骑着驴子路过一片草地,就放开驴子,让他休息。驴子在草地上吃吃喝喝,快活极了。这时,老人说:"快走吧!"驴子问:"为什么?你又要逼我干活了吗?"老人说:"有人来了!"驴子说:"关我什么事?我要继续留在这里吃草。对我来说,主人才是敌人。"

小鱼和渔夫

渔夫捕到了一条小鲤鱼,自言自语道:"今天晚上有吃的了。"于是他就把小鱼扔进了鱼篓。小鱼说:"我那么小,有什么好吃的。还不如等我长大了,你再来抓我呢。到时候,你可以把我卖个好价钱。"渔夫说:"可怜的小鱼啊,今天,你就是我的美味。现成的永远比许诺的要好。"

THE·OLD·MAN·AND·THE·ASS.

老人和驴子

陷入泥潭的车夫

在一个偏远乡村,装满干草的马车陷进了泥潭。车夫抱怨连天,喋喋不休地咒骂起了泥坑、马、马车和自己。最终他请求大力神海格力斯,帮他脱离险境。海格力斯说:"你先把轮子和车轴上的烂泥弄掉,然后把前面的石头搬起,填在车辙上。"车夫忙活了半天,说:"我干完了。"海格力斯说:"拿起你的皮鞭。"车夫照做了,挥了挥皮鞭,只见马车滚动了起来。这个故事说明,老天只会搭救有行动的人。

兔子和乌龟

乌龟有一天对兔子说:"你信不信?我跑得比你快!"兔子不屑地说:"乌龟大妈,你是不是疯了?""敢不敢打赌?""好!"于是他们开始赛跑。兔子跑得飞快,当他快到终点的时候,他又追着狗玩闹了一番,又吃了些草,睡了个觉,心想乌龟肯定还在半路呢。但没想到,乌龟一步一个脚印,已经快到了。这时兔子想要再追,已经来不及了。

THE·CARTER·IN·THE·MIRE

陷入泥潭的车夫

农夫和蛇

有一年冬天,一个农夫在雪地里发现了一条奄奄一息的毒蛇。他把毒蛇带到家中,放在炉边烤火,终于,毒蛇醒了过来,但是他用什么来报答救命恩人呢?毒蛇猛一回头,对着这个好心人狠狠地咬了一口。农夫被忘恩负义的毒蛇背叛,临死前用斧子劈死了蛇。行善值得不顾,但要看准对象。

猫和老鼠

猫、鼠、猫头鹰和黄鼠狼的声名都不好,人们想除之而后快。夜里,猎人在他们四个同住的树边,悄悄地设下了陷阱。第二天一早,猫出门觅食,只听一声惨叫,他被陷阱逮住了。猫大声呼救:"快来救救我吧,老鼠兄弟。"老鼠问:"救你的话,我能得到什么好处?"猫说:"我将会永远保护你,令你免遭猫头鹰和黄鼠狼的欺负。"老鼠自然不会相信猫的话,但此时此刻,猫头鹰和黄鼠狼正在他的家门口虎视眈眈。老鼠觉得自己的处境不妙,只好来到了猫的身边,把猫从猎人的网里救了出来。看似猫和老鼠结为了同盟,但是老鼠还是信不过猫。猫常常建议用拥抱来证明彼此的友谊,老鼠说:"你以为我会忘记你的天性?就算有盟誓,我也不会放松警惕的。"

THE·COUNTRYMAN·AND·THE·SERPENT

农夫和蛇

驴子和他的主人

一头驴子为园丁服务，时常抱怨："我起得比鸡还早，太辛苦了！"于是命运女神把他带到一个皮匠的家。驴子又抱怨说："我后悔了，以前还能偷吃几片菜叶，这里一点好处都没有！"命运女神又把他带到了一个煤炭商的家。驴子仍旧抱怨说："我想早点睡觉。"命运女神生气地说："愚蠢的家伙，现实从来不能让你满意。停止抱怨吧，神不可能满足你所有的要求。"

马和驴子

驴子和一头高傲的马结伴而行，马背上只有马鞍，而驴背上驮满了东西。驴子请求马为他分担一些任务，马却并不乐意，最终，驴子被重担压垮，很快死了。这时，马才意识到了自己的错误：没有了驴子，他必须得承担驴子的工作，还要外加一张驴皮。

THE·ASS·AND·HIS·MASTERS···

驴子和他的主人

患瘟疫的动物

上天为了惩罚世上的罪恶，制造出了一种恐怖的疾病，它的名字就叫瘟疫。所有动物都受到了感染，大部分已经死了，剩下的也无力抗争，奄奄一息。狮子召开会议："亲爱的朋友们，我认为我们可以把罪大恶极的动物献祭给上帝，如此或许可以拯救其他动物。我吃过不少羊，甚至还有牧羊人，我自愿献身。大家也可以坦率地说出自己的想法。"狐狸说："陛下，您是个明君，吃几只愚蠢的羊并不算罪孽，反倒是他们的荣耀。至于牧羊人，他们只是一些自以为是的动物。"狐狸刚说完，大家都拍手称道。同样的，大家也不敢指责老虎、熊等其他猛兽。轮到一头驴子说话："我记得有一次，自己偷吃了僧人牧场的草。"话音刚落，大家都认为，应该把这头引起公愤的驴子拿去献祭。这个故事说明了一个道理：法庭量刑，往往是依据对象是不是拥有强大的权力。

狐狸和面具

大人物如同戴着假面具，他们的外表都很优雅。驴子捉摸不透，狐狸却看得真切。有一次，狐狸向驴子介绍一座英雄的雕塑，他说："你看，漂亮的脸蛋非常逼真，可惜他没什么大脑。"就这一点而言，许多大人物都是这样。

THE·ANIMALS·SICK·OF·THE·PLAGUE·

患瘟疫的动物

隐居的老鼠

有一只厌倦了争斗的老鼠,希望远离世事,安心侍奉上帝,于是他钻进一块荷兰奶酪苦守寂寞。一天,鼠群派出了代表向这位虔诚的信徒寻求施舍,他们正受到猫的围困,国家快要沦陷了,他们希望得到一些援助,以等待援军。隐居的老鼠说:"朋友们,我已远离了红尘纷争,我没有什么可帮你们的,唯有为你们祷告,祈求上帝的怜悯。"说完,他就闭门谢客了。这只没有同情心的老鼠让我们想到了谁?不是那些仁慈的僧侣而是那些无所事事的苦行僧。

神谕和妄徒

神无所不知,因此我们不该试图去愚弄他。一个妄徒并不虔诚,但他把自己伪装成一个信徒。他走入了太阳神阿波罗的神庙,对着神说:"神啊,您觉得我手上的这只麻雀是活的还是死的?"他心里暗自盘算,如果阿波罗说麻雀是死的,他就把麻雀放生;如果阿波罗说麻雀是活着的,他就马上把麻雀掐死。阿波罗识破了他的诡计:"别再耍小聪明了,这太可笑了,你以为我看不透你的心思?"

THE·RAT·RETIRED·FROM·THE·WORLD.

隐居的老鼠

白　　鹭

一天,一只白鹭沿着河堤行走。鲤鱼和梭鱼从边上游过,白鹭觉得自己胃口还没有全开,懒得看鱼儿一眼。过了一会,白鹭觉得自己饿了,但他在水里只看见几条鲷鱼,他并不感兴趣:"让我吃这些鲷鱼?我不至于那么可怜。"鲷鱼游走后,又来了几条鲍鱼。"为了这些小小的鱼,我都懒得张嘴。"白鹭一路挑来拣去,直到再也见不到一条鱼。他忽然看见一只蜗牛,饿昏的他立刻把蜗牛吞了下去。有时候,我们不该太苛求,灵活变通才是聪明。好高骛远往往一无所获。

下金蛋的母鸡

有个贪婪鬼养了一只母鸡,母鸡每天下一颗金蛋。贪婪鬼想把所有金蛋都拿走,于是他切开了母鸡的肚子,结果他发现里面什么也没有。这下可好,母鸡也死了,蛋也没得到。在这个世界上,有谁可以一夜致富?

THE·HERON·

白鹭

狮子的王庭

狮王心血来潮,想见见自己的臣民,于是他降旨邀请大家到他的王宫参加盛会。王宫有股难闻的异味,熊捂住了鼻子,这当然使主人感到不快,狮王赐他死罪。猴子善于阿谀奉承,他歌颂君王的伟大和残暴,并吹嘘王宫的气味芳香迷人。狮子并没有买账,也惩罚了猴子。狮子转身问狐狸:"你可以畅所欲言,这里的气味到底怎么样?"狐狸推诿道:"我感冒塞住了鼻子,因此什么也没有闻到。"说完,他即溜走了。从中我们可以得知:在宫廷中,我们别去尝试献媚,也别直言不讳,说话含混不清才能保住性命。

病狮和狐狸

狮王病了,降旨要求他的臣民前去他的王宫探视,他保证访客都会受到应有的款待。于是各种动物都派出代表前去探病,唯独狐狸没有行动。"尘土上只有进去的脚印,但是没有出来的脚印,恐怕这是一个鸿门宴,还是不去为妙。"

狮子的王庭

秃鹫和鸽子

秃鹫为了一只死狗引发了激烈的内斗。他们同类相残,打得不可开交。于是,黑色的羽毛在空中到处飞扬,场面异常惨烈。热爱和平的鸽子顿生怜悯,于是他们派出代表,出面调停。鸽子的努力卓有成效,秃鹫停止了争斗,和平似乎到来了。可是一转身,秃鹫便冲向了鸽子,他们把前来调停的鸽子统统吃掉了。世人都应该记住,不要试图和不可救药的敌人和解,对待恶人应该战斗到底,不然永无宁日。

鹰 和 鸡

一天,主人温柔地请鸡去一下厨房。鸡听了非但不领情,反而要逃跑。一边的鹰便问鸡:"为什么你要这样做?"鸡说:"这种演技太拙劣了。我一旦进了厨房,自己将会被做成一道美味佳肴。"鹰说:"你是不是误会了?"鸡回答:"没有,你没有看到他手里的菜刀吗?让我走吧!有一天烤炉里的鹰和鸡一样多时,你也会知道,人类的温柔就是应该逃跑的信号了。"

THE·VULTURES·AND·THE·PIGEONS

秃鹫和鸽子

蛇头和蛇尾

残酷的命运女神设法使蛇头和蛇尾成为了敌人,于是,他们为前进的方向开始争论不休。蛇头总是走在前面,蛇尾就向上天抱怨:"您是多么偏爱蛇头啊!我和他生来都流淌着同样的血液,但我们始终不能得到同等的对待。为什么总是他决定去哪儿?请同意我的请求吧,让我走在前面。"上天同意了,却好心办了坏事:蛇尾什么也看不见,走在前面的他带着蛇头到处乱撞,最后他们一起共赴了黄泉。许多不幸的国家犯着同样的错误。

蛇 和 锉 刀

一条蛇溜进钟表匠的店铺觅食,最终只找到一把锉刀。他也没有多想,就把锉刀吞了进去。锉刀说:"愚蠢的蛇啊,你在干什么?你的牙齿会被我锉平的!"但一切已经来不及了。有些人和这条蛇一样,他们一无是处,但喜欢到处咬人,别以为牙尖口利就可以肆意妄为,你们自己得小心。

THE·HEAD·&·THE·TAIL·OF·THE·SERPENT

蛇头和蛇尾

狮子、狼和狐狸

老迈的狮王得了怪病,动物们从各处赶来,唯独缺了狐狸。狼趁机上前进言:"狐狸竟敢怠慢陛下,应该把他炖了。"终于狐狸姗姗来迟,他马上识破了狼的奸计,对狮王说:"陛下,并不是我对您漠不关心,我只是为您上山祈福去了。终于,我遇到神明下凡,并得到了一味仙方。您必须要把狼皮趁热剥下来,做件袍子穿在身上,才能治好您的这种怪病。"狮王立刻下令,派人剥下了狼皮,做了一件袍子。阿谀奉承的人们,请停止互相诋毁吧,说不定,灾难有一天会落到你们自己的头上。

老鹰、野猪和猫

三个母亲在一棵树上居住,老鹰住在树顶,野猪住在树底下,而猫住在当中。三个家庭和睦相处,其乐融融,直到有一天,猫散布了谣言。她爬到老鹰家说:"不好了。该死的野猪正在挖洞,看来她想把树弄倒,她一定是在打我们孩子的主意!"说完,她又径直来到了野猪家,说:"我悄悄地告诉你,老鹰一直在图谋你家的孩子,你一出门,她就会把你家的孩子抓去!"两位母亲都信以为真,不敢出门捕食,她们寸步不离地守在自己的孩子身边。结果两个家庭都活活饿死了,而猫的家族却日益兴旺,子孙万代。

THE·LION·THE·WOLF·AND·THE·FOX·

狮子、狼和狐狸

为主人送饭的狗

一条受过良好教育的狗为主人送饭,虽然他饥肠辘辘,但是责任心驱使他捍卫自己的职责。突然跑来一些牧羊犬和野狗,他们想瓜分食物。最初送饭的狗据理力争,后来发现自己寡不敌众,便说:"拿去吧!只要分我一杯羹。"这种场面在人类社会里也随处可见:纳税人总以为自己的钱被妥善使用,但事实上,贪官污吏却瓜分着财物。如果有正直的人想要保卫这笔财产,一定会被其他人当作是傻瓜。然后,他们逐渐会成为一丘之貉。

酒鬼和他的妻子

有一个嗜酒如命的人,一天又喝得烂醉。于是,他的妻子把不省人事的丈夫拖进了墓园。当酒鬼渐渐恢复了意识,他真的以为自己已经来到了地狱,他自言自语道:"哦?我已经死了吗?"这时,他的妻子也扮成了鬼魂来到了墓园。酒鬼问:"你是谁?"他的妻子回答:"我是撒旦的使者,我是来帮你送饭的。"酒鬼毫不迟疑地又问:"能不能给我带点酒喝?"从这个故事,我们可以知道,人的劣根性很难改得了。

THE·DOG·AND·HIS·MASTER'S·DINNER

为主人送饭的狗

滑稽演员和鱼

人们喜爱滑稽演员,而我却厌恶至深。滑稽表演是对别人智商的侮辱:有一天,一个滑稽演员和一个金融家吃饭,面前只有小鱼,大鱼离他很远。于是他拿起小鱼,假装和他悄声谈话。金融家很惊奇,就问:"你在看什么?"滑稽演员说:"我有个朋友几年前遭遇了海难,现在生死未卜,我正在向鱼儿打听朋友的下落。可是这条鱼太年轻了,他什么都不知道。"金融家将信将疑,最终还是将大鱼都送到了滑稽演员的面前。

学问的用处

有两个人,一个贫穷但知识丰富,另一个富有但不学无术。他们的想法往往分歧很大。富人觉得,自己应该受到社会的优待:"我有大把的钱,享受着世间的快乐。同时,大家也沐浴在我的恩泽之下,很多商贩都靠我的施舍过活。而那些读书人,什么都没有,衣衫褴褛,瘦骨嶙峋。我真不明白,读书有什么用处。"读书人并不辩解,他不想白费唇舌。不久,战争爆发,城市毁于一旦。富人失去了财产,处处受人排挤;而读书人却得到了大家的尊重。不言自明,学问自有它的用处。

滑稽演员和鱼

猪、山羊和绵羊

猪、山羊和绵羊同坐在一辆赶集的马车上。山羊和绵羊很安静,但是猪叫个不停。赶车人对猪说:"安静一点吧!学一学另外两位先生。"猪说:"如果他们知道真相,就会像我一样惨叫。我们都会被卖掉,最终将会被做成餐桌上的美味佳肴。"虽然猪有着敏锐的洞察力,但是抱怨却没有任何意义。当厄运来临,有时候糊涂才是一种智慧。

鱼和鱼鹰

岁月荏苒,鱼鹰不复当年之勇。捕鱼的时候,已经有些力不从心的他,有一天想出了一条妙计:他来到水池边,对着一只龙虾说:"我有个重要消息要告诉你们,一周后,渔夫要来捕鱼,快逃命去吧!"龙虾急忙回去向大家传递了消息。鱼儿闻讯后,惊恐万分,他们纷纷游来,向鱼鹰恳求道:"消息真的可靠吗?快想个办法救救我们吧!"鱼鹰说:"不要慌张,我可以把你们全部运到另一个湖泊中去。"鱼儿相信了鱼鹰的话,他们自愿游到河边,一条条地被鱼鹰叼走。他们满以为自己去的是另一个湖泊,没成想,却是鱼鹰的肚子。这个故事让我们得到了一个教训:永远不要相信敌人的话。

THE·HOG·THE·GOAT·AND·THE·SHEEP.

猪、山羊和绵羊

老鼠和牡蛎

一只老鼠决定背井离乡,看一看外面的世界。他翻山越岭,来到了一个地方。那里的水塘里生活着许多牡蛎,而老鼠以为那些就是传说中的远洋舰队,他骄傲地欢呼:"我终于看到了父辈没能看到的海上世界了。"但是,有一个牡蛎却显得与众不同,因为他打开了贝壳。老鼠看见了里面白白的肉,心想:"这肯定是好吃的东西。"于是,他立刻扑了上去。牡蛎马上关上了贝壳,翻进水中,老鼠被卡住了脖子,也就此葬身池底。这个故事告诉我们两个道理:首先,对未知的世界不要大惊小怪;其次,想要害人,常常害己。

狼、母亲和小孩

几户住在乡村的人家,周边时常有狼出没。而狼其实觊觎人类的牲畜已久,只是迟迟不敢行动。有一天,狼又在屋子外守候,家中的小孩哭闹,母亲说:"再哭就把你喂狼。"狼听了垂涎三尺,心里感激天神的慷慨。但这时,母亲又说:"不要再哭了,我的乖宝宝,如果狼来了,我们就杀了他。"狼摸不着头脑:"为什么人类那么善变?"正在这时,猎狗发现了他,人们问他:"你在这里干什么?"狼说:"我等着母亲把她的孩子给我吃呢。"愚蠢的狼,被人乱棒打死了。

老鼠和牡蛎

总督和商人

一个希腊商人来到土耳其做生意,被要求付给总督一笔保护费。这时,三个土耳其小官吏登门拜访,他们也愿意为商人提供便利,并且他们索要的价格更低。于是商人倾向和他们进行合作。总督不久便得知了消息,于是也登门前来:"朋友,听说你准备和别人合作。我来跟你说个寓言吧:从前有一个牧羊人,他有条大狗照顾他的羊群。有人劝他:'你家的大狗食量太大了。不如用大狗换三条小狗吧,他们吃得更少,而且他们还有三张嘴来对付恶狼。'牧羊人被说服了,于是照做换了三条小狗。他们平日确实吃得很少,但是,当恶狼真的跑来骚扰羊群的时候,他们三个都望风而逃了。"商人想了一想,又改变了主意。对于藩镇和地方势力也是同样的道理:依靠几个弱小的诸侯,还不如相信一个强大的国王。

自以为出身高贵的骡子

一头骡子是主教的坐骑,他总夸耀自己的出身高贵:他的母亲是一匹能干的马,她曾立下丰功伟绩;当这头骡子老了,人们把他赶进了磨坊,他才想起自己的父亲是一头驴子。

THE·SHEPHERD·AND·HIS·DOG···

总督和商人

老鼠和大象

大象缓慢地迈着步子,背上坐着王妃和她的宠物,人们夹道欢迎,大象显得备感荣耀。老鼠看在眼里,自言自语道:"原来体积的大小决定了我们的重要性,可我并不比大象差……"正当他想发表一通阐述鸿篇大论的时候,王妃的猫跳出了笼子。就在此刻,老鼠终于明白了自己和大象的区别。

猴子和海豚

有一条船刚驶离雅典就沉没了,海豚游过来施救落水的乘客。在事故当中,有一只猴子被当成了人,也被救到了岸边。海豚问猴子:"你是雅典的大人物吗?"猴子说:"是的,人们都认识我。如果你需要帮助,尽管来找我,我的家族都很有权势。"海豚说:"好的,谢谢您。那'皮雷'您熟吗?"猴子把港口的名字当成了人名,于是他说:"我们每天都见面,我们是老朋友了。"海豚听后笑了笑,转身重新潜入水底,寻找其他落水的人。

老鼠和大象

驴 和 狗

一天，驴、狗和他们的主人一起出门。来到了一个牧场，主人累坏了，躺下来就睡着了。驴趁机遍地咀嚼起了他最爱的青草。狗也饿了，他对驴说："你能不能趴下来，让我从篮子里取出晚餐？"驴生怕耽误了时间，说道："朋友，耐心等一会儿，主人快醒了，他会给你饭吃的。"正在此时，来了一头狼。驴吓坏了，立刻向狗求救。狗说："朋友，耐心等一会，主人快醒了，他会来救你的。"于是，他眼睁睁地看着狼咬断了驴的脖子。这个故事说明：我们应该互相帮助。

狼 和 羊

狼和羊交战了整整一千年，最终狼提出，他们想要和平，并提出看似皆大欢喜的方案了：他们答应再也不会吃羊，以换取牧羊人对他们的友善。他们还互相交换了人质，狼交出了他们的幼崽，羊交出了牧羊犬。但是好景不长，狼的幼崽长大了，他们趁牧羊人不在的时候，咬死了大多数的羊，并且他们还通知了自己的家族，于是牧羊犬也被偷袭了，无一幸免。这个故事告诉我们，不要奢求美好的和平，和没有信义的敌人作战，必须坚持不懈。

THE·ASS·AND·THE·DOG···

驴和狗

教 养

一对同出名门的狗兄弟,跟着不同的主人生活。一条狗名叫拉里冬,他从小就充当厨师的学徒,生性懒散、胆小怕事、碌碌无为。另一条狗名叫凯撒,他是猎人的帮手,天天在森林中与野兽奋勇搏斗,平时生活检点,高贵而优雅。由此可见,好的天赋并不等于伟大的成就,教养可以塑造出不同的人。

狼 和 瘦 狗

狼在路上遇见了一条瘦狗,于是发起了攻击。狗恳求道:"我太瘦了,过几天主人家要举办婚礼,等我在婚宴上饱餐一顿再来孝敬您吧!"狼答应了。过了几天,他又跑来看那条瘦狗。瘦狗躲在窝里对狼说:"来吧,那条壮硕的看门狗和我,都将是您的美餐。"狼闻风而逃。

EDUCATION.

教养

两条狗和一头死驴

两条狗远远地瞥见河中浮着一头死驴,便讨论了起来。"那是什么东西?""不知道,反正是可以吃的东西。""可惜他离岸边太远了。""那我们把水喝干吧,相信我,这并不难。然后,我们就可以享用美食了。"于是两条狗开始拼命喝水,很快都撑死了。人也是如此,利欲熏心就会做出一些傻事。我们常常为了达成一个愿望,却付出了成倍的代价,这就是所谓的得不偿失。

狼 和 猎 人

猎人外出狩猎,看见一头公鹿正巧经过,于是他娴熟地射杀了公鹿。正在此时,又跑来了一头小鹿,猎人眼疾手快,他的弓箭下又多了一个亡灵。过了一会儿,又出现了一头野猪,美味激起了猎人的欲望,他拼尽了全力,制伏了野猪。今天猎人已经大有斩获,但是贪婪让他难以自拔,突然天边又飞来了一只山鹑,他于是瞄准山鹑,准备射击。这个时候,奄奄一息的野猪冲了过来,撞破了猎人的肚子。于是猎人和野猪最终同归于尽。一头狼经过这里,发现了四具尸体:"今天我的运气太好了,这些够我吃一个月的了。"他不舍得啃噬那些美味的食物,首先要去吃猎人弓上的羊肠线。狼扑了上去,而箭尖却刺穿了他的心脏。猎人因贪婪丢了性命,狼因吝啬丢了性命。

THE·TWO·DOGS·AND·THE·DEAD·ASS

两条狗和一头死驴

猴子和猎豹

猴子和猎豹同时在街头乞讨。猎豹说:"先生们,快来看啊,我的皮毛如此漂亮。"可是乏人问津。而猴子在另一边,却这样说道:"先生们,请来我这边。我告诉大家一个秘密,前任主教的女婿就要造访城市了,他将会向大家作演讲,也将会向大家表演节目。大家给我一块钱吧,如果我说的不对,将如数奉还。"猴子是成功的,吸引人的不是衣着而是智慧,许多领主就像那头猎豹,衣着华贵却脑袋空空。

挤奶工和牛奶缸

挤奶工头上顶着一缸牛奶快步向城里走去,一边心里暗暗盘算:"用卖牛奶的钱,可以换一百个鸡蛋,孵出小鸡后,把鸡养大,可以换一头猪;喂肥这头猪,卖个好价钱,就可以买一头奶牛和一些小牛,然后我就会有钱买一群羊了。"想到这里,她得意地跳了起来,牛奶缸也随之掉落到了地上,牛奶洒了一地。于是,小鸡、猪、奶牛和小牛都成为泡影。世人皆是如此:他们都爱沉醉于自己的幻想之中,天天做着一些不切实际的白日梦。

THE·MONKEY·AND·THE·LEOPARD·

猴子和猎豹

橡子和南瓜

农夫觉得,硕大的南瓜和它们的细藤很不相称,于是他把南瓜挂到了橡树上。他又想:"可是橡子那么小,为什么要长在这么粗壮的树上,上帝一定是搞错了……"这时,他渐渐感到有些疲倦,就在橡树底下睡着了。突然,一颗橡子从树上落下,砸在了他的鼻子上。农夫被惊醒,摸了摸自己的脸,自言自语起来:"哦,我流血了。如果从橡树上落下来的是一颗南瓜,那我估计会送命的。看来上帝是对的。"

孩子和老师

一个孩子在塞纳河边玩耍,不小心失足掉进了水里。但受到上天的垂青,边上正好有一棵柳树,孩子抓住了树枝。他看到正好有一个老师经过,于是就大喊:"救命!我快淹死了!"老师转过身来,他并没有马上救他,而是先训斥了他一番:"小淘气,自找苦吃。你的父母真不幸,养了你这样一个顽皮的孩子!我真同情他们。"说完这些,他才把孩子拉上岸来。这种人其实不少,他们喋喋不休,只知道教导别人却从来不分时机。唉,我的朋友,放过我吧!我知道你又要开始高谈阔论了。

THE·ACORN·AND·THE·PUMPKIN

橡子和南瓜

贩卖智慧的疯子

一个疯子在街头贩卖智慧。人们争相抢购,但只是用钱换来了一根长绳。他们觉得自己受到了羞辱,都非常生气,但又能怎么办呢?有的人苦笑,有的人选择默默地离开了。也有一个人想一探究竟,他拿着长绳找到了智者。智者说:"疯子的含义再明白不过了,这根绳子的两端,是聪明人和笨蛋的距离,也是脚踏实地者和投机取巧者的距离。这个疯子没有骗人,他卖给了你智慧。"

商人、绅士、牧师和王子

商人、绅士、牧师和王子一起走上了海滩,他们都是来自欧洲的探险家。虽然性命已经无虞,但是刚刚经历的海难夺去了他们的所有。四个人围在一起,商人和绅士讲述着自己的传奇经历,王子感叹着命运,牧师说:"我们应该尽快忘掉这些不幸,当务之急是维持大家的生计。"其他三人都觉得牧师的话有理,商人首先说:"我可以靠教书养活自己。"王子说:"我可以教政治。"绅士说:"我可以教文学。"牧师说:"朋友们,你们的愿望都很美好,但是太遥远,今天晚上我们吃什么呢?现在,我们要依靠的是双手!"说完,牧师就走进了森林,准备捡些木柴变卖。这个故事告诉我们,双手才是我们最可靠、最有效的援助。

贩卖智慧的疯子

永不知足

世间万灵都很贪婪,他们永不知足。神赐予麦子丰收,但是麦子没有节制,常常将田里塞得密不透风。泛滥反而会影响收成,于是上帝让羊群来吃掉其中多余的部分。可是羊群也没有自制力,将麦田吃光了,于是上帝又让狼来吃掉一部分羊。狼犯了同样的错误,贪婪地吃光了所有的羊。于是上帝又让人类来惩罚狼,而人类却想将其他所有动物全部杀光……

财宝和两个人

有个穷鬼厌倦了人生,他随意走进了一间破屋子,系好了绳子,准备自缢。正在这时,一包东西从房梁上落了下来,那人打开一看,原来是财宝。他立刻放弃了自杀的念头,拿着财宝高兴地走了。过了一会,房屋的主人回到了家中,他发现自己一辈子不舍得花的钱财丢了,悲痛欲绝。他看到上吊用的绳子都已经系好了,于是就把头伸了进去。财宝和绳子都找到了新主人,守财奴从来只为别人赚钱。

NOTHING·TOO·MUCH.

永不知足

牡蛎和诉讼人

两个人在海滩上散步,同时发现了一只牡蛎。贪婪的他们各不相让,都声称对牡蛎拥有所有权。于是他们向法庭提起了诉讼,让法官来决定牡蛎的归属。法官来了,打开了牡蛎,一口吃掉了里面鲜嫩的肉,然后说:"法庭宣判,你们各自得到一块牡蛎的贝壳,各自回家。"我们打官司前,应该首先考虑一下诉讼的费用。钱往往落入了法官的腰包,而我们最终却落得两手空空。

丢了财宝的吝啬鬼

有一个吝啬鬼在地上挖了一个洞,他把自己的钱都藏在了洞里,然后昼夜不停地在周边巡视。他的怪异行为引起了盗贼的注意,于是趁着有一天晚上,吝啬鬼稍有松懈,盗贼悄悄地偷走了吝啬鬼所有的钱。吝啬鬼发现自己的钱不翼而飞,顿时瘫软在地。有人来问:"你为什么不把钱放在家里呢?这样就不会被偷了。而且你还能随时使用你的钱。"吝啬鬼回答:"钱难道是可以随便挥霍的吗?你知道为了赚这笔钱,我有多么辛苦吗?我都不敢碰它们一下。""那你为什么如此伤心?这些钱对你来说和石头有什么区别?"

THE·OYSTER·AND·THE·LITIGANTS.

牡蛎和诉讼人

蜡　烛

有一支蜡烛，因为羡慕火炉能够常年燃烧，于是他失去了理智，就像当年为了一探究竟而跳入火山的哲学家恩培多克勒那样，纵身跃入了火炉。蜡烛和哲学家本身完全不同，但是他们现在，却都成为火焰的一部分。

两只鸽子

有两只要好的鸽子，其中一只想要远行。另一只劝说道："还是别去了吧，旅途充满着艰辛。"那只鸽子回答："我想出去见一下世面，三天之后，我就会平安归来，你不要为我担心。"于是那只鸽子就上了路。旅途的开端非常顺利，突然天空中飘来了一片乌云。鸽子找不到可以避雨的地方，结果浑身湿透。好不容易挨到雨过天晴，他晒干了羽毛继续飞行，不久，他来到了一片金色的麦田。饥饿的他本以为可以饱餐一顿了，却落入了猎人的陷阱。这时，一只老鹰飞来用利爪将他抓起，飞向了空中。好在云层深处又飞来了另一只鹰，两只鹰为了争食缠斗在了一起，鸽子趁机逃跑了。鸽子看见一间小屋，以为可以飞进去暂避，可是厄运还没有结束，一个儿童跑来又玩弄了他一番，弄断了他的腿。人类正如同这只鸽子，个个都想走遍天涯，但是下一站，一定会更好吗？

THE·WAX~CANDLE·

蜡烛

猫和狐狸

猫和狐狸一起去朝圣,路上,他们用争吵来打发时间。狐狸向猫吹嘘道:"我诡计多端,你一定不如我。"猫说:"尽管你有上百条诡计,却未必实用;而我只有一招,但非常灵验。"他们争执不休,正在这时,他们遭遇了一群猎狗。猫立刻爬上了树,一边转头对狐狸说:"快想一个办法自保吧,我的朋友。"而狐狸在地上到处乱窜,虽然想尽千方百计,但还是无法摆脱猎狗的纠缠。有的时候办法太多未必是好事。

狐狸和葡萄

有一只来自远方的狐狸途经这里,肚子早就饿扁了。正巧他发现头上有棵葡萄藤,紫红色的葡萄好像已经熟透了。他的口水直流,但使尽浑身解数,还是够不着葡萄。于是他悻悻地说:"那么苦涩的葡萄还是留给笨蛋吃吧。"这不正是最巧妙的开脱吗?

THE·CAT·AND·THE·FOX.

猫和狐狸

鸢和夜莺

一只鸢捉住了一只夜莺。夜莺请求鸢能够开恩:"我不好吃,但我善于唱歌。我唱个歌剧给你听吧!"鸢说:"我不想饿着肚子听歌剧。"夜莺说:"国王也爱听我唱的歌呢!"鸢说:"这么高雅的东西就留给国王吧,对于一只鸢来说,他最关心的就是,怎样填饱他的肚子。"

变成姑娘的老鼠

有一只老鼠遭遇了猫头鹰,受了重伤。好心人救了她,为了让老鼠摆脱悲惨的命运,他请来巫师,将老鼠变成了自己的女儿,并对她说:"你长得太美丽,你的丈夫必将遭到妒忌,找一个最强者做你的丈夫吧。"于是他对太阳说:"做我的女婿吧!"太阳说:"不,云比我强大,他可以遮住我的光芒。""云,那么你做我的女婿吧!""不,风是我的天敌。""风,你愿意做我的女婿吗?""不,山可以挡住我的去路。""山,你愿不愿意?""不,老鼠可以在我身上挖洞。"姑娘立刻竖起了耳朵:"什么? 老鼠! 这真是一个莫大的讽刺。"故事很牵强,因为老鼠怕猫,猫怕狗,狗怕狼,如此往复,姑娘还会嫁给最有权威的太阳。但是这则寓言说明了一个道理,上天自有既定的秩序,有的时候,我们无力改变自己的命运。

THE·EAGLE·AND·THE·MAGPIE.

鸢和夜莺

猴子和猫

主人在家养了一只猴子和一只猫,两个家伙都不安分。一天,主人烤板栗。猴子就悄悄地对猫说:"你能表演火中取栗的绝学给我看吗?"于是猫硬着头皮,从炭炉中一个一个地取出栗子,猴子高兴地把板栗吃得精光。而这一幕被女仆发现了,猫最终挨了罚。这个故事就如同一些地方诸侯,他们常常为了向国王效忠,做一些吃力不讨好的事情。

牧羊人和国王

一个牧羊人,因照料皇家羊群有功,受到了国王的褒奖:"别管那些羊了,来做我的大法官吧。"于是牧羊人扔下了羊鞭,拿起了执掌公正的天平。牧羊人的邻居是一位先知,他提醒牧羊人道:"攀上高位后要小心行事,伴君如伴虎,稍有不慎,就会大难临头。"牧羊人若有所思。先知又说道:"从前有一个瞎子捡到了一条冻僵了的蛇,他以为是根绳子,就把蛇捆在腰间。路人好心提醒他,瞎子却认为路人是出于妒忌,而不听劝告。最后,蛇苏醒了,在瞎子手臂上咬了一口,瞎子就这样送了命。"果不其然,不久之后,新任的大法官就受到了同僚的构陷。

THE·MONKEY·AND·THE·CAT.

猴子和猫

牧羊人和羊群

牧羊人丢了一只羊,于是向羊群训话:"羊儿们,当狼再来袭击你们的时候,你们一个也不要逃跑,唯一能够自保的方法,就是团结在一起,与恶狼作战。"羊群听了牧羊人的话,群情激昂,他们表示要以行动捍卫荣誉,并要与恶狼战斗到底。夜幕降临,一只狼影闪过,羊群纷纷溃逃。为一群懦弱的士兵鼓舞士气,就是白费力气。

斯基泰哲学家

一位斯基泰哲学家在希腊旅行时,见到一位老者正在修剪枝叶。于是,哲学家上前问道:"你为什么要毁坏自然生长的树木呢?"老者回答:"我只是将多余的树枝去掉,这样会更有利于其他枝叶的生长。"哲学家记住了老者的话,回国后,他将家中所有的树都任意修剪了一番。没过多久,那些树全都枯死了。

THE·SHEPHERD·AND·HIS·FLOCK·

牧羊人和羊群

两只老鼠、狐狸和鸡蛋

蜜蜂辛勤地工作,他们任劳任怨,从没有半点怨言。由此,有些哲人认为,动物是盲目无知的,他们没有感觉,也没有智慧。根据这些哲人的说法,动物只是一个机械化的躯壳,就如同他们的肚子里,装着的是几个会动的齿轮。动物没有爱恨情仇,也没有思维,只懂得按部就班地完成任务,好似一块上足了发条的手表。但这些理论,请恕我不能苟同。动物可以通过他们的生活经验,获得某些本能,以应对之后发生的事情。但也有人说,本能不需要通过思考,那么,我陈述一个例子:两只老鼠找到了一颗鸡蛋,馋得口水直流。但此时,他们发现远处有一只狐狸慢慢地靠近,他们不甘愿将丰盛的晚餐拱手让出,于是,他们决定把鸡蛋搬回家。可是怎样搬走易碎的鸡蛋呢?他们立刻想出了一个办法:一只老鼠抱着鸡蛋躺在了地上,而另一只拖着前者的尾巴前进,尽管历经坎坷,他们还是最终保住了鸡蛋。这个故事可以充分证明,动物也会思考。当然,我也承认人类更加聪明。我们具备总结和判断事物的能力,动物却没有,但是我依然认为,动物所依靠的不仅仅是本能。综上所述,我认为人类拥有两笔精神财富:其一是常识,其二是悟性。前者用于评价我们是理性判断,有些人被认为聪明、乖巧,有些人被认为幼稚、愚蠢;后者的层次更高,是一种拓展性的思维,它代表着无穷无尽的智慧。

THE·TWO·RATS·THE·FOX·AND·THE·EGG.

两只老鼠、狐狸和鸡蛋

乌龟和两只鸭子

乌龟渴望周游列国,但是她走得太慢。两只鸭子看出了她的心思,于是对她说:"让我们帮你实现梦想吧。我们三个同时咬住一根棍子,这样,我们就可以带你飞翔了。不过你得小心咬紧,不然就会摔下去。"乌龟满口答应,于是他们上了路。一路都相安无事,突然,只听到地上的居民高声呼喊:"看哪,这是乌龟女王正在出巡吗?"乌龟按捺不住,刚张口答应,就落到了地上,被摔得粉碎。

两只鹦鹉,国王和王子

鹦鹉父子和国王父子的年龄相仿,两位父亲彼此尊重,就如同老友,而两个儿子平时同出同入、形影不离。一天,最受王子宠爱的麻雀和小鹦鹉发生了争执,最终引发了一场战争。麻雀不是小鹦鹉的对手,最终受了重伤。王子气急败坏,盛怒之下,他决定处死小鹦鹉。死讯传来,老鹦鹉悲痛欲绝,他找准了机会,啄瞎了王子的眼睛,然后离开了王宫,转身飞上了松树枝头。国王亲自跑到树下对老鹦鹉说:"朋友,回来吧,让我们摒弃之前的仇恨,也许这都是命运。"老鹦鹉说:"我不会回去的,报复是国王的专利。即使我相信你的诚意,我觉得自己还是留在松树上比较好,距离能够治愈仇恨,距离也能恢复友谊。"

THE·TORTOISE·AND·THE·TWO·DUCKS·

乌龟和两只鸭子

蜘蛛和燕子

蜘蛛向万神之王朱庇特埋怨道:"神啊!我本可以捕获所有的昆虫,但是可恶的燕子把我的食物夺走了。他们的幼鸟贪得无厌,而我却落了个骨瘦如柴。在这个世上,我就如同一个多余的手艺人。"话音未落,蜘蛛自己也丧命于燕子的鸟喙之下。弱肉强食,就是朱庇特为这个世界设立的根本法则。

老鹰和甲虫

老鹰追逐一只兔子。兔子拼命逃跑,他在路上看见一个甲虫洞,就躲了进去。这个洞显然不能阻挡老鹰,老鹰把兔子抓了起来。甲虫于是就为兔子求情,他说:"请放过这只可怜的兔子吧,要不就连同我一起抓走,我们是好兄弟,我愿意和他同生共死。"老鹰什么都没说就抓走了兔子,她根本无视甲虫的存在。甲虫很生气,他溜进老鹰的家,把老鹰的蛋全部打碎了。老鹰回家后发现了惨剧,悲痛万分,向朱庇特控诉,而甲虫也据理力争。朱庇特没有办法,只能让老鹰趁甲虫冬眠的时候繁殖。

THE·SPIDER·AND·THE·SWALLOW.

蜘蛛和燕子

被割去耳朵的狗

一条年轻的看门狗因被割去了双耳而痛苦万分,他埋怨主人的残忍。但不久之后,他却发现了失去双耳的好处:双耳本是看门狗的唯一弱点,它们最容易在战斗中遭受敌人的攻击。现在,这条已经没有了后顾之忧的看门狗变得所向披靡,就算狼也不是他的对手。

变成女人的母猫

一只母猫长得很漂亮,叫声也很动听。男主人疯狂地爱上了她,并乞求天地,把母猫变成人形。奇迹出现了:一天早上,母猫果然变成了一个女人。男人马上娶了她,两个人幸福地生活在了一起。这个女人就如同一个真正的女人,身上完全没有一丝猫的痕迹。但是有一天半夜,几只老鼠出来觅食,吵醒了新婚夫妇的美梦。女人再也不愿错失良机,开始抓起了老鼠,而老鼠已经不认识变成了女人的猫,于是被一网打尽。可见,江山易改,本性难移。

THE·DOG·WHOSE·EARS·WERE·CROPPED

被割去耳朵的狗

母狮和母熊

小狮子被猎人捕杀了,母狮得知后痛苦万分。她夜夜在森林中哀鸣,所有动物都因此无法入睡。于是,母熊过来开导母狮:"我们吃掉过多少母亲的孩子?其他母亲都失去了自己的孩子,但是她们可以保持沉默,是什么使你如此的痛苦?"母狮说:"唉,命运女神对我总是不公。"这句话也常常出自人类之口,但仔细想来,其实我们比上不足,比下却有余。

一个人追逐命运和一个人等待命运

小村子里住着两个人,他们都生活小康。但其中一个总是惆怅自己的命运。一天,他对另一个说:"离开这里怎么样?我想出去碰碰运气!"另一个说:"我不渴求更好的运气,你去吧,我要留在这里睡大觉。"于是,那个欲求不满的人独自离开了村庄,来到了另一个地方。那个地方似乎不错,但是没过几天,他又准备出发了:"看来,我还是应该去别处继续寻找我的命运。"就这样,他永不停歇,一路跋山涉水,向着远方前进。后来有人对他说:"回家乡吧,那里才有你的幸福。"那个人终于彻悟了,走上了回家的路。当他回到家乡的时候,发现命运女神正坐在他那个朋友的家门前。

THE·LIONESS·AND·THE·BEAR.

母狮和母熊

狮子、猴子和两头驴

狮子想成为明君,于是他召见猴子讨教一些治国之道。猴子说:"虚荣心是万恶之源。"狮王说:"给我举个例子吧!"猴子说:"有两头笨驴,他们喜欢互相吹捧。其中一个说:'老兄,不知为何,人类一直嫌弃我们,其实,我们都很优秀,比如你,就是一位伟大的歌唱家,你的歌声比夜莺更加优美。'而另一个说:'老弟,你的歌声也不赖。'他们始终觉得,通过互相吹捧,就能够获得世人的尊重,因为人类也是这样做的。人类喜欢奉承别人,也喜欢被奉承,甚至国王也不例外。"猴子又多说了几句,就礼貌地道别了,他已经看出,狮子并不喜欢听到他人的批评。

人与跳蚤

上帝常常受到人类的骚扰,似乎任何细枝末节的小事,他都需要亲自操劳。有一个傻子被跳蚤在肩膀上咬了一口,于是他又抱怨道:"万神之王朱庇特啊,您怎么可以容忍这种生物在我身上干坏事?"这人难道想用神的霹雳来对付那只小跳蚤?

THE·LION·AND·THE·MONKEY·

狮子、猴子和两头驴

老鼠和猫头鹰

人们砍倒了一棵松树，发现松树上有一个猫头鹰的巢穴。猫头鹰已经飞走了，但是巢穴里留有一大群老鼠。这些老鼠白白胖胖，却都有四肢残疾。这到底是怎么回事呢？原来猫头鹰捉到了很多老鼠，可是他的食量却没有那么大，于是他把多余的猎物养在家中，以备不时之需。为了防止这些老鼠逃跑，他还把老鼠的四肢全部啄断了。这个故事看似不可思议，却是一桩千真万确的事实。时至今日，还有人坚信动物不会思考吗？

学生、老师和花园的主人

有一个调皮的学生，时常溜进邻近的花园拈花惹草。花园的主人看到自己辛勤劳动的果实遭到了践踏，痛心万分，于是他找来了学校的老师。老师带着所有学生，来到了花园，他对花园的主人说："对不起，请原谅这个无知的孩子吧。而且，这对于其他人也是一个警示……"老师引经据典，滔滔不绝。趁着这个时候，花园又遭到了一次破坏。

THE MICE AND THE OWL

老鼠和猫头鹰

猫和两只麻雀

猫和一只麻雀住在同一个屋檐下,因此成为朋友。他们有时也相互打闹,但是猫总是忍让三分。有一次,另一只麻雀前来串门,两只麻雀一言不合,引发了争执,猫当然袒护自己的朋友,于是也加入了战斗。他轻易地抓住了那只外来的麻雀,并把他放进了嘴里。"嗯,真美味!"于是他顺便把自己的朋友也吞进了肚子。

老人和三个年轻人

三个年轻人看到一个老人正在种树,于是上前对他说:"您何必如此操劳,老人家应该多享清福。再说,您能够活到树木长高的那一天吗?"老人说:"前人种树,后人乘凉,我很乐意为晚辈多做一些事情。而且命运无常,说不定我今后的日子,比你们的还长呢!"事实正是如此,不久,三个年轻人由于意外和战争相继去世,而老人却在他们的坟头,为他们铭刻墓碑。

THE·CAT·AND·THE·TWO·SPARROWS

猫和两只麻雀

两只山羊

两只山羊吃过了晚餐,各自出门散步,突然,他们在独木桥的两端狭路相逢。尽管桥下水流湍急,但是,为了保证他们贵族的荣耀,两只山羊都昂首阔步,勇往直前。独木桥显然不够宽,无法让两只山羊同时通过,可是,他们都不愿退让半分,结果双双落进了激流中。

恋爱中的狮子

一头贵族出身的狮子在牧场散步的时候,邂逅了一个美貌的牧羊女。他感到自己已经无可救药地爱上了她,于是,他立刻来到了牧羊女的家,上门提亲。牧羊女的父亲不想接纳狮子作为女婿,于是他对狮子说:"我的女儿很柔弱,当你拥抱她的时候,你的牙齿和爪子会弄伤她的。如果你把你的牙齿和爪子磨平了,我的女儿或许会更加爽快地答应你的请求。"狮子被爱情冲昏了头脑,他不顾一切,把自己的牙齿和爪子磨平了。可是失去武装后的狮子,已经连几条恶狗都打不过了。

THE·TWO·GOATS

两只山羊

◈ 守财奴和猴子 ◈

有一只猴子,他天天从主人的钱柜偷出金币,然后将它们扔进大海,他试验着不同的投掷力度和角度,比对着金币落水的位置,并乐此不疲。而他的那个守财奴主人,总觉得账目有所短缺,日复一日在房间中核算。在我看来,这只猴子更聪明,因为他拥有梦想,而至于那个主人,我真搞不明白,上帝为什么要创造那么多无用的金融家?

◈ 要求有个国王的青蛙 ◈

青蛙厌倦了民主,请求万神之王朱庇特赐予他们一个温和的国王。于是一个大块头国王从天而降。一开始,所有的青蛙都很畏惧国王,不过他们很快发现,国王其实是个老好人。于是大家纷纷跑了过来,在国王身上嬉笑打闹,但是国王却仍然纹丝不动。因此,青蛙又向朱庇特提出:"请赐予我们一个活泼的国王吧!"转眼间,朱庇特送来了一只白鹤。白鹤随意地残杀着青蛙,青蛙怨声载道。朱庇特对青蛙说:"最好乖乖地学会适应这个新国王,我难保下一个会比这一个好。"

THE·MISER·AND·THE·MONKEY

守财奴和猴子

老猫和小老鼠

一只涉世未深的小老鼠以为只要向猫讨饶,就能活命:"我现在个头还小。不如你把我先放了,留给你的未来的孩子们吃。"猫说:"我不会放过你的。我的孩子将来会找到足够的食物养活自己的。"说着,猫就把老鼠吞进了肚子。这则寓言告诉我们,年轻人应该追逐梦想,老年人应该冷酷无情。

兔子和青蛙

一只兔子在自己的洞里冥想:"我真是一只不幸的动物,天天诚惶诚恐地生活,需要躲避各路强敌。"有人说:"你可以变得勇敢一些!"兔子想:"恐惧可以克服吗?我觉得你们人类和我一样胆小!"这只兔子就这样自欺欺人,一有风吹草动,他就会惴惴不安。突然外面传来一声轻响,他马上扭头就跑,当他经过池塘的时候,青蛙也赶忙跳入了水中。"啊!还有畏惧我的动物吗?原来所有动物都是胆小鬼。"

THE·OLD·CAT·AND·THE·YOUNG·MOUSE

老猫和小老鼠

病　　鹿

一头鹿病倒了,他的同伴纷纷前来探望。病鹿说:"同伴们,让我安然离世吧!"鹿群却久久徘徊于他的榻前,他们要用哀痛来恳求上帝。终于,他们决定要离开了,临行前,他们吃光了病鹿家所有的东西,而病鹿无以果腹,饿死了。人类社会中,看病的医生和济世的神父也是同样,他们的眼里只是钱。

医　　生

"太糟了"医生和"太好了"医生同时为一个病人看病,他们得到了截然不同的结论:"太糟了"医生认为情况太糟了,无药可救;"太好了"医生认为情况太好了,马上会痊愈。病人最终听取了"太糟了"医生的诊断,坦然面对死亡。两人却都为自己的诊断而洋洋得意:一个说:"他死了,看来我说对了。"另一个说:"如果听我的,他肯定还活着。"

THE·SICK·STAG.

病鹿

狗猫之争和猫鼠之战

很久以前,有一个人养了一群狗和一群猫,狗猫之间并不和睦。主人于是订立了一份《公约书》,申明了分配制度。从那以后,狗猫和平共处,亲如一家。直到有一天,一条母狗怀孕了,主人额外赏了她一碗骨头汤。这一不符合分配制度的举动立刻招致猫的不满,猫狗由此再起纷争。主人无力调解,猫便跑去城中找了一位律师,他们要以诉讼的方式来伸张权利。可是当初所订立的《公约书》上哪儿去了呢?他们四处寻找,但还是没有找到。最终猫发现,《公约书》被一群老鼠咬烂了。因此,猫迁怒于老鼠,誓与老鼠不共戴天,从此猫鼠也变成了死敌。在我们的社会中,也有一些人常为微不足道的小事搞得面红耳赤,甚至拳脚相向。在我看来,他们都愚蠢可笑。

THE·QUARREL·OF·THE·DOGS·AND·CATS.

狗猫之争和猫鼠之战

龙虾和她的女儿

绝大部分动物只懂得前进，而龙虾还会后退。他们真是一种聪明的动物。龙虾母亲有一天问她的女儿："为什么你不是面朝前方走路，而是背对前方走路呢？"女儿回答："所有朋友都是这样走路的，我也不能落伍。"是的，环境对于我们很重要，它可以让我们变得更聪明。

两位探险者和圣物

两位探险家在河边发现了一块木牌，木牌上面写着："若想见证奇迹，请穿过激流，抱起石头大象，一口气冲上高耸的山巅。"其中一个想了想，对另一个说："穿过湍急的水流，抱着石头大象上山顶？这太可笑了，我可不会为这种事情冒险。这个大象留给你了。"说完他转身就走了。而另一个却没有多想，他闭起眼睛趟过了河。在对岸，他果然发现了石头大象，于是他遵照铭文，抱起大象，往山顶跑去。来到山顶，他发现了一座隐秘的城市，正在这时，他怀中的石头大象发出了叫声。城市的居民纷纷涌向他，尊他为新任的国王。这个故事告诉我们，有些时候，我们用不着过多的思考，大胆向前反而会有意外的收获。

THE·LOBSTER·AND·HER·DAUGHTER

龙虾和她的女儿

狼和狐狸

狐狸对狼说:"亲爱的朋友,我真羡慕你。你霸气十足,能够随意捕杀肥羊,而我却只能天天去偷鸡。你教我一些本领吧!我也想尝尝肥羊肉的滋味。"狼非常慷慨,他帮狐狸找来了一身狼皮让狐狸披上,然后又教了狐狸一些技巧。狐狸的悟性也很高,没多久,他就掌握了狼的动作要领,远远看去,真假难分。此时,正好有一群羊从他们身边经过,披着狼皮的狐狸立刻冲上前去,他追着一只笨拙的母羊狂奔,眼看就要成功了。正在这时,传来了一阵公鸡的打鸣,狐狸于是丢下了快要到手的猎物,扭头就朝公鸡跑了过去。这个故事告诉我们两个道理:首先,我们都是不知满足的动物,常常羡慕别人的生活;其次,掩饰毫无作用,江山易改,本性难移。

雕塑家和朱庇特的雕像

雕塑家的技艺精湛,鬼斧神工之下,万神之王朱庇特雕像如此逼真,他本人站在自己的作品面前,也感到不寒而栗。诗人也是如此,他们编造了神谕,自己却诚惶诚恐、敬畏万分,害怕厄运会降临到自己头上。雕塑家和诗人都过分沉溺于自己的想象而不能自拔,他们应该尝试面对现实。

THE·WOLF·AND·THE·FOX···

狼和狐狸

鹰和喜鹊

喜鹊在飞行途中偶遇鹰王,她立刻上前献媚:"鹰王陛下,我来陪您聊天吧。"于是,从天文到地理,从军事到政治,喜鹊东拉西扯,滔滔不绝起来。终于,鹰王打断了喜鹊的话:"你还是回去吧!我不喜欢叽叽喳喳的长舌妇。"由此可见,巧言令色有时会招致厌恶。

主人的眼睛

一头鹿被人们追杀,情急之下他躲进了牛棚。牛觉得鹿很可怜,就收留了他,并且答应不告发他。到了晚上,人们和平时一样来送饲料,大家都没有发现躲在牛群中的鹿。鹿正庆幸自己逃过一劫,一头牛说道:"主人还没有来巡查过,你得小心。"正说话间,主人跨进了牛棚,他到处巡视了一遍,发现了鹿。于是,主人找来了其他人,一顿棍棒把鹿打死了。可怜的鹿成为人们的佳肴美食。诗人费德说:"只要主人的眼睛才看得清东西。"而我觉得,情人的眼睛,也一样洞悉万物。

THE·EAGLE·AND·THE·MAGPIE.

鹰和喜鹊

狐狸、苍蝇和刺猬

狐狸受了伤,一群苍蝇闻风而至。他们围着狐狸打转,贪婪地舔舐着狐狸的伤口。刺猬看到了这一幕,自告奋勇地对狐狸说:"我来帮你赶走这些讨厌的苍蝇吧!"狐狸说:"就算你把他们赶走了,还会有另一群苍蝇飞来的。还是让他们尽情吃饱吧。"

掉进井里的占星家

一天,一位占星家掉到了井里。人们说:"可怜的笨蛋,不看清自己的脚下,能读懂天上的东西吗?"这个故事很短,但却很有深意。现在的人都很迷信,愿意去预测生死。诚然,荷马史诗中出现过很多预言,但其实它们都是偶然发生的。而现在的人,却偏偏以为,自己受到了命运的安排。但是世人的命运,怎么可能刻在星星上呢?宇宙亘古不变,但世人的命运却悲喜无常,那些占星家都是骗子,我们不应该相信他们说出来的谎话。其实,每个人自己才是自己命运的主人。而那些占星家的风言风语,鬼神怪论,其实是很危险的东西。

THE·FOX·THE·FLIES·&·THE·HEDGEHOG.

狐狸、苍蝇和刺猬

森林与樵夫

一个人的斧柄折断了,于是,他向森林诚心祷告:"森林啊!赐我一根木头吧,我会报答您的。"仁慈的森林答应了他的请求。那人顺利地修好了斧子,却成为一名樵夫,他天天不遗余力地砍伐森林。唉!这个世界上,到处都有忘恩负义的人。

忘恩负义与不公的命运

一个商人运气不错,靠海上贸易发了笔横财,于是他过起了奢靡的生活。他的一个朋友过来问他:"你的财富都是从哪里来的?"商人回答:"当然是依靠我的智慧和才能。"过了几天,商人再次扬帆远航,可是这次,他却落得血本无归:一条船被风吹沉了,一条船被海盗掠走了,好不容易第三条船靠了岸,但是货物丝毫引不起当地民众的兴趣,什么都没有卖出去。于是,他又成了穷光蛋。但是,由于他在富有的时候过分骄奢,大家反而幸灾乐祸,奚落起他来:"你怎么穿上了这些破衣裳?"商人回答:"那全怪命运。"他的朋友过来开导他:"想开点吧,如果时运不济,你当初也不会拥有那些财富的。"人们总是这样,把一切幸福都归功于自己,把一切灾难都归罪于命运。

THE·WOODS·AND·THE·WOODMAN.

森林与樵夫

狐狸、狼和马

有一只涉世未深的狐狸，第一次看见马，他匆匆跑回家，对同样年轻的狼说："快来看！命运女神赐予了我们一头漂亮的猎物。"于是，狐狸带着狼来到了马的跟前。狐狸首先问："先生，您叫什么名字？"马答道："我的名字被鞋匠刻在了鞋底，你们要来看看吗？"狐狸推说自己不识字，而狼自告奋勇走上前去，却被马踢中面门，打落了四颗牙。这时，狐狸说起了风凉话："我说的吧！不要轻信陌生人。"

蝙蝠、荆棘和鸭子

蝙蝠、荆棘和鸭子一起做生意，他们精明强干，一切有条不紊。然而，他们的货船却突遭海难，所有的货物都沉入了海底。事故让他们信誉扫地、血本无归。从此，天天有债主上门。他们三个的反应各不相同：荆棘与债主周旋，鸭子下海去寻找货物，而蝙蝠躲了起来，他白天不敢出门。我也认识一些债务缠身的大人物，他们天天从暗道进出。

THE·FOX·THE·WOLF·AND·THE·HORSE.

狐狸、狼和马

狐狸和火鸡

为了抵御狐狸的进攻，一群火鸡在树上搭建了坚固的堡垒。夜里，他们还加派岗哨，监视狐狸的一举一动。狐狸诡计多端，然而，纵使他用尽浑身解数，还是无法找到火鸡的破绽。眼看天就要亮了，危险即将过去，几只守夜的火鸡却终于疲劳过度，一头栽倒在树下。于是狐狸满载而归。对于危险，我们不应该过分警惕，否则，更容易陷入麻烦之中。

母狮的葬礼

狮后去世了，狮王悲痛万分，他昭告天下，命令大家前来参加国母的葬礼。葬礼当天，狮王在台前抱头痛哭，其他动物自然不敢懈怠，他们学着狮王的样子也呼天喊地起来。唯独鹿没有流泪，母狮曾经咬死了他的妻儿，他们本来就不共戴天。于是有动物向狮王献媚："鹿在偷笑，他是幸灾乐祸！"狮王听后震怒了："狼，把鹿拖出去，用他的鲜血来祭奠亡灵。"鹿马上辩解道："陛下饶命，厄运已经过去，痛苦是多余的。王后正惬意地躺在天国的花丛中，她对我说：'我在天国一切安好，享受着无尽的快乐，不需要用眼泪来祭我。'"狮王听了这番话，非但没有惩罚鹿，而且还奖赏了他。用假话取悦君王，他们往往会信以为真。

THE·FOX·AND·THE·TURKEYS.

狐狸和火鸡

猴　　子

巴黎有一只猴子常虐待自己的妻子。后来他的妻子留下了几个孤苦无依的孩子，含恨而死，这只猴子反而哈哈大笑，又去另寻新欢了。从此，他夜夜沉溺于酒肆之中。这只猴子模仿了可恶的人类，殊不知，抄袭和模仿本身就是一种丑陋的行径。

大象和朱庇特的猴子

万神之王朱庇特派遣他的猴子作为使者来到了草原王国。大象兴高采烈地前来拜谒，并自以为是地说道："大使先生，我向您保证，朱庇特将在他的御座上看到一场真正的决斗！"神猴不解："什么决斗？"大象恼怒地说："我和犀牛之间的决斗啊！这是一场事关王权的决斗。怎么？您竟然不是为此事而来？"神猴答道："我是来处理蚂蚁之间的纠纷的，在神眼里，事无巨细之分。"

THE ◦APE◦

猴子

∽ 太阳和青蛙 ∽

青蛙王国得到了太阳的关照,因此日益繁荣,然而,他们却厌烦了太阳的高高在上。青蛙女王公然反对太阳的权威,她派出使者去往各个国家,呼吁所有的动物团结起来,组织一支强大的军队,共同抗击太阳。忘恩负义的青蛙,真令人担忧。还不赶快闭嘴吗?等到太阳一发威,你们都会后悔的。

∽ 鞋匠和金融家 ∽

一个喜欢唱歌的鞋匠,生活得自由自在。而他的邻居,一个富有的金融家,却忙于赚钱,很少得以安然入眠。金融家向上帝抱怨:"为什么睡眠不能像食物一样标价出售?"他来到鞋匠家中,问道:"你一年赚多少钱?""一年?我没有想过。过一天算一天,但我天天都有面包吃。""那你每天赚多少?""有时候多一些,有时候少一些,过节需要歇业,我就没有了收入。"金融家说:"那今天我将让你成为富人。别再唱歌了,这是一百个金币,作为你的酬劳。"鞋匠从没有见过那么多的钱,他答应从此不再唱歌了。没有了歌声,他就失去了欢乐。他把金币小心地藏好,整天提心吊胆,生怕有窃贼光顾,晚上也睡不安稳。终于有一天,鞋匠敲开了金融家的房门:"我不要这一百个金币了,我要唱歌,我要快乐。"

太阳和青蛙

英 国 狐 狸

有一只英国狐狸,被猎人和猎狗追击。他无路可逃,只能爬上绞刑架装死。绞刑架是人类公示被处决的动物的地方,许多獾、狐狸和猫头鹰都被挂在了上面。装死的狐狸显然逃过了猎人的目光,"可恶的狐狸去了哪里?是不是已经溜走了?"但是猎狗的鼻子却识破了狐狸的伎俩,他们朝着绞刑架上的"尸体"一阵狂吠。猎人疑惑,赶来仔细地检查了一番,终于,他也认出了装死的狐狸,于是顺手一枪,结果了狐狸的性命。英国人心思细腻、想法诡谲,因此,他们在科学界得到了很多的荣誉。甚至我觉得,就连英国狗的鼻子,都要比法国狗的灵;英国狐狸的脑子,都比法国狐狸的聪明。然而生活优越的英国人,却失去了对生活的热忱,往往落了个自杀的结局。

THE CUNNING FOX.

英国狐狸